「おはよ、おきて?」
遠い意識の向こうから、甘い声が聞こえてくる。
異世界でロリに
甘やかされるのは
間違っているだろうか
JN228999

「キレイキレイしてあげないと」
マミィ
母性が強すぎる
エルフの幼女。
アカヤを自分の子
どもとして愛でる

「出るかわからないけど……
いいよ、おっぱい」
（いやマズいだろっ！）
アカヤ
本名・今田赤哉。
異世界転生した
ブラック会社勤め
の元サラリーマン。
癒しが欲しい

シャイアン
アカヤを異世界に転生させた女神。コテコテなしゃべり方で俺様気質
「……今めっちゃ忙しいねんけど」
「何をしてますのあなたたち、フケツですわっ！」
ジェシー
マジメな神官見習いの少女。マミィとアカヤの関係にツッコミを入れる

「……ち、違うんだ」
「マミィもアカちゃんを甘えさせる～っ！」
「わたしのこと、ほんとのお姉さんだと思って甘えていいのよ？」
アデラ
盗賊スキルを
備えた踊り子。
お姉さんみが
強い

滅(めえ)っー!!

彼女の手に集まった光が一気に大きくなり、魔物に向かって飛んでいった。
その光が散り消えると……
魔物の姿は跡形もない。

「マミィのアカちゃんに、何するのーっ！」

CONTENTS

異世界でロリに甘やかされるのは間違っているだろうか

ISEKAI DE LOLI NI AMAYAKASARERU NOHA MACHIGATTEIRU DAROUKA

PRESENTS BY NAGAOKAMAKIKO , KOMESHIROKASU

異世界でロリに甘やかされるのは間違っているだろうか

長岡マキ子

ファンタジア文庫

2834

口絵・本文イラスト　米白粕

異世界でロリに
甘やかされるのは
間違っているだろうか
{著}長岡マキ子
{イラスト}米白粕

プロローグ

「はぁ……」

年度末の金曜日、夜の駅のホームで、俺はひときわ大きなため息をついた。

「五日連続で、この時間か……」

終電前のＪＲ線ホームは、酒の臭いをぷんぷん撒き散らす客で溢れている。そんな中、完全シラフの俺は、重い足取りでいつもの乗車位置へ向かっていた。

俺の名前は今田赤哉、二十八歳。

彼女いない歴も二十八年。残酷だ。

新卒で入社した健康器具販売会社で、営業として働いている。しかし、成績は常に最下位。上司からはギュウギュウに絞られるものの、もともと不向きな営業で何をどう頑張っていいかもわからず、仕方なく「やってます」風を装うために連日深夜までデスクにしがみついて謎の残業をしていた結果、同僚から陰で「電気泥棒」と呼ばれている。本当に残酷だ。

「こんだけ残業してるんだから、ちょっとくらい褒めてくれたっていいじゃねーかよ～」

幸いにも、歓送迎会シーズンで辺りは酔客だらけなので、誰も俺の独り言を気にしていない。こうして声に出して吐き出していないと、疲れ切った心が突然パキッと折れてしまいそうだ。

「こんなときに慰めてくれる人がいればなー……」

ポケットのスマホを取り出して見ると、ＬＩＮＥの通知が十五件も来ている。ほのかな期待をして開けてみるが……。

「……いや、知ってたけど！」

すべて企業アカウントからのお知らせだった。無料スタンプ目当てに友達登録したせいだ。

「はぁ……」

先ほどよりさらに大きいため息が出る。

そもそも、女の子から連絡が来るわけはなかった。学生時代からコミュ障で友達も少なかった俺のスマホには、女性のプライベートな連絡先など登録されていない。

「……おー、田中の子、こんなデカくなったんだ」

タイムラインの新着を見ると、大学時代のゼミ友（男子）がアイコンを変えている。この前までホヤホヤの赤ん坊だったのに、今度の写真ではもう一人前に立っている。

「子どもかぁ……」

いいなぁ、子ども。

俺も子どもの頃に戻りたい……。

「……はぁ……」

何が終わってるって、他人の子どもの写真を見て子どもが欲しくなったわけじゃなくて、子どもの立場が羨ましくなったところだ。

でも、それくらい今の俺は精神的に参っていた。

「俺も甘やかしてもらいたい……誰でもいいから『仕事頑張っててえらいね』って褒めてほしい……」

思えば、俺にも褒められてた時代があったんだよな。小さい頃の親は、俺がすることなんでも「すごいすごい」と褒めてくれた。今の母さんじゃ考えられないけど……。

そう、今の母さんはあの頃と真逆の存在だ。俺を癒やしてくれるどころか、疲れさせることしか言わない。

そんなことを考えていたとき、持っていたスマホがブルブル震えた。画面を見ると、実家の母からだ。

「……はい、もしもし」

なるべく疲れている感じの声で応対すると、電話口から聞き慣れた早口が聞こえてきた。

「もしもし赤哉!? なんで連絡くれないのー、昨日も一昨日もかけたでしょ!?」

「悪い。でも毎日残業なんだって……帰ったらすぐ寝たいし」

「それでね、白哉の結婚式当日の予定なんだけど」

白哉というのは年子の弟のことだ。大学時代から付き合っていた彼女と昨年婚約して、来週結婚式を挙げることになっている。見た目は俺とよく似ているのに、俺と違って要領がいい陽キャのリア充だ。

「……赤哉、聞いてる!?」

「聞いてるよ。とりあえず前日にそっち帰ればいいんだろ?」

母の話など全部真面目に聞いていたら、脳みそがいくつあってもたちまち容量オーバーになってしまう。

「それでね、聞いた? 白哉、秋にはパパになるんですって! うれしいわ～! こんなに早く孫の顔が見られるなんて」

「え……ああ、そうなんだ」

さすがに少し驚いた。白哉がもう父親か……。

「で、赤哉、あんたはどうなの？」

テンション高くベラベラ喋っていた母の声が、そこで急に威圧的なトーンに変わった。

「ほんとに彼女いないの？　私に隠してるだけじゃなくて？　遠慮しないで連れてきていいんだからね？　あんたが選んだ人なら私反対しないから。白哉のことはうれしいけど、私は赤哉のことが心配で……」

「……ほんとにいないんだよ」

なんでこんなことを言わなきゃならないんだ……。

「あらそうなの？」

そこで、母の声が硬くなる。

「ねえ、あんたももういい年なんだから、結婚を考えたお付き合いしなさいね？　何年か付き合ってから婚約、結婚なんて考えてたら、あっという間に二十になっちゃうわよ？　男だって若いうちの方がいい相手見つけやすいんだから、まだ二十代だと思ってあんまり悠長に構えてないで……」

途中から、耳の奥にシャッターを下ろした。これ以上聞いていたらメンタルが死んでしまう。母さんが俺の境遇をわかってなさすぎて辛い。

「じゃあ俺、電車乗るから」

向こうはまだ話し半ばの様子だったが、一方的に言って通話を終えようとする。

「ちょっと待ちなさい！　あんたも少しは親孝行を考えたらどう⁉　長男なのに孫の顔も見せてくれないつもり？　一生懸命育てて大学まで出してやったのに損したわ、それに比べて白哉は……」

終話ボタンを押したので、そこで母の声が途切れる。

「最悪だ……」

こんなに頑張ってて、こんなに疲れてるのに、なんでみんなして俺を責めるんだ。なんで誰も俺を慰めてくれないんだ……。

癒やしてほしい。もうこの際、彼女じゃなくてもいい。可愛い女の子に「よしよし頑張ったね」って頭を撫でてもらえれば、それだけで明日も頑張れるのに……。

そのときだった。

人混みのせいでホーム際を歩いていた俺の横から、ふざけてじゃれあっていた酔っ払い学生たちが飛び出てきた。

「うわっ！」

とっさに避けようとしたが、混雑でその余裕はなかった。もろに衝撃をくらった俺の身体は、線路の方へ勢いよく投げ出される。

「危ない！」
誰かが叫んだとき、俺は完全に宙を舞っていた。

ポ――――――――ッ！

耳をつんざくような警笛の音が、すぐ後ろで鳴り響く。
嘘だろ……!?
俺、もしかして……死ぬのか!?

……まあ、それならそれで、いいのかもしれない……。

†

気がついたとき、俺は真っ白な空間に横たわっていた。
どこだろう。まるで現実感がない。頭がフワフワして、夢の中にいる気分だ。

いくら目を凝らしてみても、屋外なのか屋内なのかもわからない。やたら明るいが、どこが光源なのかも不明だ。

退勤したときと同じスーツ姿の俺は、立ち上がって周りをキョロキョロ見回した。

そのとき、すぐ後ろで女性の声がした。

「いらっしゃい」

振り向くと、宝石のような瞳が俺を見ている。

それは、この世のものとは思えないほど美しい女性だった。陶器のように滑らかな白い肌、紺碧の海を思わせる綺麗な長い蒼髪、完璧なバランスで配置された目鼻立ちは、整いすぎて冷酷に感じるほどだ。

なんだこれCG？　ここはVRの世界か？

「あなたは……」

「女神や。見ればわかるやろ」

強烈な関西弁のイントネーションだった。思えば、第一声の「いらっしゃい」からそうだった気がする。

「は……？」

女神？

そう言われてみれば、彼女は確かに女神っぽい、羽衣のようなものをまとっている。顔にばかり気を取られて全身を見ていなかった。

「わかるやろ、お前は死んだんや。ほんまのお前は今、電車にドッカーン轢かれて皆様にお見せできんような姿になってる」

「え……」

なにそれ引く……自分のことでもめっちゃ引くんですけど……。

ショッキングなことを告げられて茫然とする俺に、自称女神は休む間もなく問いかける。

「お前、生きたいか？」

その目は真っ直ぐ俺を見ていて、からかっているようなそぶりはない。

「……は？」

さっきから「え」と「は」しか言ってない気がするが、それしか言葉が出てこない。

生きたいか？

……生きたい。それは決まってる。でも……。

ホームから落ちながら、ああこれ死んだかもと思ったとき、心のどこかで少しほっとしている自分がいた。

「……あんな毎日なら、もういいかも」

毎日家と会社の往復で、楽しいのはスマホの無料アプリゲームをしているときと、漫画やラノベを読んでいるときだけ。

「子どもの頃……せめて学生の頃に戻れるならいいけど……あの頃は気楽だったし。ありのままの自分で楽しく生きられてた気がする……」

ぼやくように呟いていると、女神の美しい顔に怒気が宿る。

「ぐちゃぐちゃぐちゃぐちゃぐちゃ眠たいこと言いなや！　生きたいんか生きたくないんかはっきりせぇ！」

「い、生きたい！」

ビビり倒して、慌てて叫んだ。当たり前だが、某麦わら海賊団の女考古学者のモノマネをする余裕もなかった。

「よし」

そんな俺に、女神は満足げに頷く。

「そんなら生かしたる。ありがたく思いぃ」

「え……ありがとうございま……」

「ただし」

とりあえず礼を言おうとした俺の言葉を、女神が強い語調で遮る。

「元の世界に戻れると思うなよ」

「はい？」

「お前が生き返るのは、こっちの世界や」

「……こっち、とは？」

「こっちはこっちゃ。この女神シャイアン様が治める世界……お前にとっては『異世界』ちゅうことになるな」

「い、異世界……」

「そういうことやから、あとは頑張(がんば)りや」

次の瞬間(しゅんかん)、意識が急速に遠のきだした。

なんだこれ？　女神の仕業(しわざ)か？

たぶん全身麻酔(ますい)をかけられたらこうなるんだろうな……ああ俺、全麻をかけられたこともないくらい健康だったのに、この若さで死んだのか……。

そんなしょうもない雑念を最後に、俺の世界は再び暗転した。

第1章　社畜Boy Meets ロリGirl

「おはよ、起きて？」

遠い意識の向こうから、甘い声が聞こえてくる。

「はじめまして、ママですよ〜！　……てへっ、聞こえてる？」

耳がくすぐったくなるような、女の子の優(やさ)しい声。

「まだおネムなのかな？」

愛(いと)しい小さな者に向けられた、微笑(ほほえ)みの吐息(といき)まじりの言葉。

「ふふ、可愛い……きっとまだいい夢見てるんだね」

頬を撫でる、やわらかな指先を感じる。

そういえば、こういうの小説サイトで読んだことあるな。前世の記憶(きおく)を保ったまま、異世界に赤ん坊(ぼう)として転生して英雄(えいゆう)になる話。

そっか……俺、赤ん坊になったのか。

人生やり直したいとは思ったけど、まさか赤ん坊からとはな。先が長いぜ。

まあ、とにかく俺の新しい母親の顔を見なければ。美人だといいな。

なんてことを思いながら目を開けた俺は、目の前にいた女性の顔に目が点になった。

「⁉」

女性っていうか、女の子だ。

それも……だいぶ幼い。

やわらかそうな金色のボブヘアに、愛くるしい大きな目、ふっくらとした薔薇色のほっぺた、みずみずしいさくらんぼのような唇……どこをとっても将来有望だが、まだほんの子どもにすぎない。どんなに多めに見積もってみても、せいぜい十歳ちょっとくらいだろう。

まさかこの子が？　俺の母親なのか？

だとしたら、この世界はどうなってるんだ⁉

「はじめまして。マミィだよ」

そう言うと、マミィと名乗った絶世の美女の幼体はにっこり笑った。

「マミィ……」

あれ？　俺、いきなり喋れる？　チート級の赤ん坊じゃね⁉

そう思いながら視線を下げて固まった。

「は⁉」

見慣れた裸の上半身がそこにある。

「なぜ裸⁉」

慌てて飛び起きると、その拍子に下半身にかかっていた布がはらりと落ちる。

「いや全裸⁉」

もうパニックだ。とりあえず女の子に見せるわけにはと布で下半身を隠すが、マミィはうろたえる様子もなくニコニコしている。

「おっきしたなら、お洋服を着ましょうね」

そう言うと、用意してあったらしい服を取り出して、小さい子にやるように手取り足取り俺に着せていく。

「はい、できたよ！」

マミィが俺に着せてくれた服は、麻袋に首と腕を出す穴がついたような上衣と、おしゃれなステテコのようなパンツだ。上衣は革ベルトで動きやすく留めてあり、ＲＰＧの初期装備のようなファンタジー感あふれるいでたちだ。

ちなみに、マミィは丈の短いワンピースを身につけている。フリルのついたピンクのエプロンが、おままごと中の女の子みたいで可愛らしい。

「いい子にお洋服着られてえらいね～」

マミィは背伸びして俺の頭を撫でようとしてくれるが、背が届かなくて肩のあたりを撫でられた。

「…………」

色々疑問だらけなのだが、服を着せてもらっている間に、とりあえず自分の身体を冷静に観察した。

どうやら俺は赤ん坊からやり直すことなく、元の世界の姿……今田赤哉のまま、この世界に生まれ変わったらしい。

「なぁ、どっかに鏡ない？」

「かがみ？」

「いや、水たまりとかでもいいんだけど！」

「あぁ、お水飲みたいのかな？　気づかなくてごめんね」

マミィは謝りつつ、俺を川に連れて行ってくれた。

俺たちがいたのは森の中だった。森と言ってもいろいろあるが、ジャングルのような亜熱帯の雰囲気ではなく、清涼感のある空気が漂い、すらっと背の高い木々の下に蔓植物が所々生えている、ヨーロッパの童話の舞台になりそうなイメージの森だ。

流れている川は浅く澄んでいて、俺はためらいなく喉を潤して、水面に自分の顔を写した。

「……び、微妙に若返っている……」

身体を見たときから、そんな気はしていた。体格はほぼ完成しているが、口周りの毛穴がまだザラついてないあたり、十五、六歳ってところだろうか。

「しかし、なぜ若返り転生……」

と考えて、はっとした。

「もしや……」

もしやとは思うが。

――子どもの頃……せめて学生の頃に戻れるならいいけど……あの頃は気楽だったし。

ありのままの自分で楽しく生きられてた気がする……。

俺があんなこと言ってたから、学生の頃に戻してくれたのか？

……ありのままの姿で。

「って、そういうことじゃねーんだよ！」

あの女神め……シャイアンだかジャイアンだか知らないが、人の話をろくに聞かない横暴さは本家並みだ。

「で、さっき『ママだよ』って言ってたけど……まさか君が俺を産んだ、わけじゃないよな？」

おそるおそる尋ねると、マミィは頷いた。

「マミィはエルフだから、人間の赤ちゃんは産めないの」

「エルフ？」

確かによく見てみると、マミィのふわふわな髪の間からぴょこっと飛び出た耳は、先がつままれたように尖っている。

「マミィはエルフなのか。じゃあ、なんで『ママ』？」

「んとね……」

マミィは人差し指を口元に当てて、ゆっくり答えた。

「マミィは、エルフの中で『ナニー族』っていう種族なの」

「種族？　人間の人種みたいなものか？」

俺の問いに、マミィは頷く。

「たぶん、そうかな？」

「それで、ナニー族がどうした？」

「でね、ナニー族の女の子は、物心ついてから初めて見る人間に、我が子のような愛情を抱く『しゅうせい』があるの」

「……え？」

しばらく考えてから、俺は再び首をひねる。

「なんで？　なんでそんな習性が？」

まったくもって意味がわからない。

「うーん……マミィもよくわからないけど、たぶん、エルフが弱い生き物だからだと思う。森の仲間がそう言ってた」

マミィはつっかえつっかえ話してくれる。

「エルフは優しくて、魔法が使えるほどかしこい生き物だけど、だからこそ魔王にとっては目障りみたい。魔王はエルフをずっと狙ってるの」

「魔王！　そんなのがいるのか」

物騒な事実を聞かされたのだろうが、ファンタジー好きのゆるいオタクとしてはワクワクが抑えきれない。

「ってことは、この世界には、魔王の手先の魔物やモンスターがいるんだな？」

そう尋ねてみると、マミィは小さく頷いた。

「魔王の力は日に日に大きくなってて、他の種族を襲うモンスターが増えてるみたい。中でも、エルフはすごく狙われてるんだって……。ナニー族の女の子は強い魔力を持ってるっていうし、じゃまなのかな？」

「え？　じゃあ、マミィも魔力を持ってるのか？」

俺が訊くと、マミィは首をかしげる。

「そうなのかな？　わからないけど」

そう言って、てへっと笑った。

「ナニー族の魔力は、自分の赤ちゃんへの愛情によって生まれるんだって。だから、マミィが魔法を使えるようになるのは、これからじゃないかな？」

「え？　それってつまり……」

「そう！　なんと、あなたがマミィの赤ちゃんなのでーす！」

マミィは両手を広げ、特大の笑顔でそう告げた。

「マジか……！」

薄々そうではないかと思っていたが、衝撃の事実に頭を抱える。

「……ん？　でも、それっておかしくないか？　物心ついてから初めて見た人間が俺って……。君、もう十歳くらいだろ？　五歳で物心がついたとしても……五年もずっと人間に会わなかったのか？」

俺の疑問に、マミィは当然のように頷く。

「うん。マミィ、ずっとこの森で暮らしてたから。この森は町から離れてるし、狩りとかに向いてる場所でもないの」

だから、人間がやって来なかったというわけか。

「本当はね、ナニー族の女の子は、もう少しお姉さんになってから、町や人里に近づいて、孤児の赤ちゃんを探すの。でもマミィには家族もいないから……一日でも早く赤ちゃんに会えますようにって、毎日願ってたんだ」

「え……」

そういえば、エルフとはいえ、なんでこんな小さな女の子が森で一人で暮らしてるんだろう？

疑問に思ったが、尋ねてみる気にはなれなかった。マミィの目が一瞬とても悲しげな光を宿したせいだった。

何か事情があるのかもしれない。そう思うと、興味本位で訊くのは憚られた。

「ナニー族は、人間の力を借りて生きてきたの」

俺がなにも言えずにいると、マミィは普通の様子に戻って説明を再開した。

「ナニー族は、戦いとかで親を亡くした赤ちゃんを見つけて育てるんだ。成長した赤ちゃんは、自分をかわいがってくれたエルフを守るようになるでしょ？　数が少ない弱い種族だけど、ナニー族はそうやって人間に守られて、生き延びることができてるんだって」

「なるほどな……。じゃあ、ナニー族の習性は、生き残るために身につけた本能みたいなものなのか」

そうして色々な情報を頭の中で整理しているとき、ふとマミィからの熱い視線に気づいた。

「……な、なに……？」

っていうか、なんてまなざしで俺を見ているんだ。

生まれたてのチワワを見るような、愛しくて可愛くて仕方ないというような……この様子を見ると、信じがたいことだけれどマミィは本当に俺を自分の赤ちゃんのように思っているらしいことがわかる。

「ねえねえ、お名前は？　マミィはなんて呼べばいいかな？」

「え？　えっと……」

名前か。せっかくだからかっこいい異世界ネームをつけるのもアリだけど、この子はどうせ俺のことを赤ん坊だと思ってるんだもんな。

「赤哉だよ。……アカヤ・イマダ」

それを聞くと、マミィは顔をぱっと輝かせる。

「そっか！　じゃあ『アカちゃん』だね！」

「うっ……」

そうきたか。

「ねえねえ、アカちゃん。お腹すいてない？」

マミィは前のめりに訊く。

「え？　あ、うん、そう言われてみれば……」

「ちょっと待っててね。すぐ採ってくるから！」

そう言うと、マミィは駆け出して、本当にすぐ戻ってきた。

「美味しい木の実だよ」

彼女が手にしていたのは、イチジクのような形でリンゴのように大きな赤い実だった。

受け取ろうとすると、マミィは「えっ？」と戸惑う。

「アカちゃん、一人で食べられるの？」

「はい？」

これでも、前世では毎日のように牛丼屋やうどん屋で一人メシをしていた独身リーマンに、この子はなにを言ってるんだ。

「いただくよ、ありがとう」

俺はマミィの手から果物を取り、一口かじって頬張った。

「一人で食べられるアカちゃん、いい子だね～」

そんな俺を見て、マミィは大きな目を細め、とろけそうな笑顔でほめそやす。

「よ、よせって……ガキじゃないんだから」

食べづらいなぁと思いながらも、空腹には勝てずに食べ進める。

「わぁ、すごい！」

俺が果物を完食したのを見て、マミィは歓声を上げた。

「いっぱい食べられてえらいね～！」

手を叩いて褒めてくれるマミィの視線がくすぐったくも、どこかうれしくもあって、そんな自分がちょっと気色悪い。

「……どこ行くの、アカちゃん？」

立ち上がった俺に、マミィが慌てたように尋ねてくる。

「ションベンしてくる」

手短に言って、俺はマミィの目が届かない茂みへ向かった。

……はずだったのだが。

「うわっ⁉」

用を足して振り返ると、すぐそこにマミィがしゃがんでいてこちらを見ていた。

「なんでいるんだよ⁉」

「なんでって……アカちゃん一人にしたら心配だし」

眉をへの字にして答えたマミィは、続いてパッと顔を輝かせる。

「でもすごいね、アカちゃん！　初めてなのに一人でオシッコできてえらいね～！」

「いや、普通だって……！」

俺、二十八だから！　二歳じゃないから！

ナニー族の本能によるバグなのか、マミィは俺をとことん赤ちゃん扱いしてくるようだ。

その後もそんな感じで、土地勘のあるマミィに導かれながら、俺は慣れない地でサバイバル生活を開始した。

一番閉口したのは、風呂の代わりに水浴びしようと川に入ったとき、マミィも一緒に川に入ってきたことだ。

「な、なんだよ⁉」

透明度の高い川の水の中で、すっぽんぽんの俺は慌てふためいた。

ちなみにマミィは服を着たまま、ズブズブとこちらに歩いて向かってくる。

「なにって、アカちゃんをキレイキレイしてあげないと」

「一人で洗えるから！」

「ダメだよ、背中なんて届かないよ？」

そう言って、マミィは自分の掌で俺の背中をこしこしと擦ってくる。

「次は首だね〜」

「いやいいって！　背中以外洗えるし！」

「今度は腕ー！」

「ほんとヤメテ！」

「次は……」

マミィの手が股間に伸びそうになって、慌てて後ろを向いて阻止する。

「もういいからほんと！　一人にして！」

「え？　でも、ちゃんとおしりもキレイキレイにしないとダメなんだよ？」

「するから！　デリケートゾーンは俺に任せて！」

強く訴えると、マミィは不服げだったが、渋々川岸へ戻っていってくれた。

そうして水浴びを終えて川から上がると、マミィは満面の笑みで、俺の身体を乾いた布で包んだ。

「一人で水浴びできて、アカちゃんはほんとにいい子だね～」

しゃがんだ俺の頭を優しく撫でるように拭きながら、マミィは甘い声でほめてくれる。

「いや、だから普通なんだって……」

小声で言い返しつつ、このやりとりが徐々に心地よくなっている自分がいて、やべーぞ俺しっかりしろ！　と言い聞かせる。

「……！」

そこでふと顔を上げると、マミィの身体が目に入った。着衣で川に入ったマミィの服はびしょ濡れで、肌にぴったり張り付いている。そのおかげで、彼女の身体が年齢のわりに女性らしい曲線を描いていることに気づいてしまって、大慌てで目をそらした。


これはまずい。

今はまだ平静を保ってられているが、このまま人目のない森でこの美幼女と二人で暮らしていたら、いつしかマミィのペースに巻き込まれて、赤ちゃんごっこを始めてしまいかねない。それだけは避けなければ……そのためにも、この世界でやるべきことを見つけなければと考えたとき、ふと思いついた。

「そうだ。この世界には魔王がいるんだよな？」

そして、俺は異世界転生者だ。

「だったら、チート無双するしかねーじゃん！」

魔王を倒して、英雄になってやる！

だいたいの異世界転生モノでは、主人公はなんらかの能力を持っていて大活躍する。

俺にも秘めたチートスキルがあるに違いない！　それを使って魔王を倒し、英雄になる！

そのためには、魔王を探す旅に出なければならない。

「よし、俺は旅に出る。魔王を倒して、この世界を救うんだ」

それは、マミィに対しての遠回しな別れの宣言だった。

しかし、マミィは目を輝かせて喜ぶ。

「アカちゃん、すごい！　ちゃんと将来の夢を持っててえらいねぇ」

そして言った。

「マミィも一緒に行くよ！」

「え!?　いや、これは魔王を倒す旅なわけで……」

「でも、アカちゃんはマミィの赤ちゃんだもん。離れるなんてできないよ」

マミィの瞳は、純粋で慈愛に満ちている。それを見ていたら、それ以上の反論はできなくなって、俺は幼女エルフと二人で魔王討伐の旅に出ることになった。

†

魔王退治に行くには、まず森を抜けなくてはならない。マミィは魔王の居場所について何も知らないらしいので、村とか町とか、人がいる場所で手掛かりを得るしかないだろう。

とりあえずその日は森で野宿して、次の日の早朝、森を抜けるために出発した。

「アカちゃん、足痛くない？　疲れたら休憩しよ？」

まだ歩き始めて三十分くらいなのに、マミィがこのセリフを言うのは三度目だ。

「さすがに大丈夫だよ。これでも前世は営業だったんだ」

「えいぎょう？」

「取引先を回って、自分の会社の商品を買ってくださいって頼むんだ。歩くのは慣れてるよ」

まあわからないだろうなと思いながら説明したのだが、案の定、マミィは顔にはてなマークをいっぱい浮かべていた。

「よくわからないけど、すごいね、アカちゃん。それって『お仕事』してたってことだよね？」

「そうだけど、全然すごくないよ」

そう言いながら、思わず自嘲が漏れた。

「毎朝起きて会社行ってただけで……営業成績は最悪だし、上司から褒められたこともないし……」

「ううん、アカちゃんはすごいよ！」

俺の自虐を丸ごと打ち消すように、マミィは首を思い切り横に振る。

「毎朝起きて、『かいしゃ』行ってたんでしょ？　それだけですごいよ！　ちゃんとお仕事できてるよ！」

「えっ……」

「アカちゃんは、りっぱな大人の男の人だったんだね」

マミィは、思いやりに溢れた瞳で俺を見つめて微笑を浮かべる。

その瞬間、心の中に熱い何かが流れ込んでくるのを感じた。

立派な……大人の男の人？　俺が？　毎朝起きて会社に行ってただけで？

それだけで、マミィは俺を認めてくれるんだ……。

「……ん？」

　じーんと感動しながら、そこでちょっとした疑問を抱く。

「……そういえば、君は俺のことなんだと思ってるわけ？」

　今の俺はどう見ても高校生くらいの見た目なので、マミィがまるで俺の転生をわかっているかのような発言が気になった。

「え？」

　マミィは俺をまじまじ見て、にへらぁと笑顔になった。

「マミィのかわいい赤ちゃんだよ」

「あ、いや、そうじゃなくて……」

　説明しようとすると、マミィは大きく頷いた。

「知ってるよ。アカちゃんは『違う世界から来た人』なんでしょ？」

　驚いて言葉を失う俺に、マミィは続けた。

「女神シャイアン様は、この世界を創った神様なの。でも、このごろ魔物のせいで人間が減ってきちゃった……。だから、別の世界で死んだ人を少しずつ『てんせい』させることにしたんだって」

　なるほど……そういうことか……。

「マミィ、森で赤ちゃんに出会えなくてさみしかった。でも、外へ出る勇気もなくて……

だから、毎日女神様にお祈りしてたの。かわいい赤ちゃんを、マミィの前に『てんせい』させてくださいって」

少し沈んだ表情で語ったマミィは、そこでぱっと目を輝かせて俺を見る。

「そうしたら、森でアカちゃんに出会えたの！　だから、アカちゃんは女神様からマミィへの贈り物なんだよ」

天使のような微笑みから溢れる愛情を一身に浴びて、俺は恥ずかしさで目を逸らす。

「そ、そうか……。もしかして、その『転生』の話って、こっちの世界じゃ有名なのか？」

「うん。マミィはゴブリンさんから聞いたけど、ゴブリンさんが知ってるってことは、人間はみんな知ってるんじゃないかな」

「ゴブリンさん？」

俺が訊くと、マミィは微笑んで頷く。

「うん、ゴブリンさんは森によく遊びにきてくれるんだよ。お友達なの」

「ふうん」

ゴブリンってゲームとかではよくモンスター扱いされてるけど、ここだと悪者じゃないってことか。

「そっか。でも、その話が本当なら、女神もめんどくさいことするなぁ。よその世界の人間を生き返らせるくらいなら、この世界で魔物に殺された人を生き返らせればいいのに」

「それはできないの」

　マミィは真面目な顔で首を振った。

「女神様は、自分が創った人間に再び命を与えることはできないんだって。それが創造の『ことわり』だから」

「創造の理……？」

　あの女神ならそんなもんぶち破ってゴリ押してきそうな気がするけど、彼女にもできないことはあるんだな。

　それにしても……。

「…………」

　横目で隣を見ると、マミィはニコニコして俺を見ている。

「ん？　どうしたの、アカちゃん？」

「いや、別に」

　マミィのこと、魔王退治にはちょっと足手まといだなと思っていたが、こんな話を聞いてしまったら、ますます連れていかざるをえなくなってしまった。

　毎日女神様にお祈りするほど会いたかった人間に、ようやく会えたんだ。マミィは本当に俺に……愛情を感じてくれているんだろう。

勇気がなくて森の外へ出られなかったマミィが、俺についていくためなら森を出ることを即決するくらいに……。

まあ、俺も不慣れな異世界で一人は心細いし、何よりマミィは恩人だ。その彼女が俺を可愛がりたいと言うのだから、少しは付き合ってやるべきだろう。そんなふうに思った。

「ただ……心配なのはモンスターだよな。この辺にも出るかもしれないんだろ？」

俺が訊くと、マミィは頷く。

「うん、マミィが暮らしてたあたりと違って、もうなにが出てもおかしくないよ。気をつけてね、アカちゃん」

「おう」

俺は大丈夫だ。転生者だし、いざというときにはチート能力が目覚めるに違いない。

問題はマミィだ。俺自身まだこの世界でバトルしたことがないし、果たして彼女を守りながら敵を倒せるかどうか……。

そんなことを考えて、緊張しながら歩いていたときのことだった。


カサッ！

目の前の茂みが揺れて、奥から黒い影が飛び出してきた。

「なにっ……!?」

それは禍々しい生き物だった。

今まさに崩れかけている途中のような醜い顔面、鋭い目つき、尖った牙……大きさは小動物サイズだが、こちらを見つめて異様なオーラで俺たちを威圧していた。

「……出たな……！」

俺はとっさに足元から棒きれを拾い、大上段に構えて一歩踏み出そうとした。

すると、後ろにいたマミィが俺の腕を取った。

「待って、アカちゃん！」

心配げな顔のマミィに、俺は毅然として言った。

「いや、俺も男だ、君を守らせてくれ」

「うれしいけど、でも……」

「このモンスターは、俺がやる！」

英雄になる、第一歩として――！

「違うの、アカちゃん！」

そこでマミィが走り出て、俺と魔物の間に立ちはだかった。

「この子、モンスターじゃないの！」

たっぷり数秒、沈黙が流れた。

「……モンスターじゃない？」

目を丸くする俺に、マミィは頷いた。

「グロブタリスっていう動物なの」

マジか。

「森の仲間にしては顔エグすぎだろ」

「そうなの。そのせいでよくモンスターに間違われるんだけど、本当は心優しい草食動物なの。好物はクルミだよ」

ファンシ〜！

「……それにしても……」

なんてこった。俺はまたやってしまったのか……。

よかれと思って後輩のコピーを手伝ってあげたときにＢ５用紙にＡ４のデータを３００枚印刷してしまったり、五時間残業して作成した資料を保存して作業を終えようとしたとき「保存しますか」に「いいえ」を押してＰＣを閉じてしまったり……前世で犯した数々の凡ミスが脳裏をよぎった。

「でも」

そのとき、フリーズする俺にマミィが微笑みかけた。

「マミィを守ってくれてありがとう。アカちゃんは、とってもママ想いないい子だね」

天使のような微笑を湛えたまま、俺に向かって両手を広げた。

「そんないい子のアカちゃんは、マミィがいっぱいヨシヨシしてあげる」

聞き間違いかと思った。

失望する後輩の顔、激怒する上司の顔、嘲笑う同期の顔が、マミィの笑顔によってたちまち記憶の彼方へと押し流されていく。

「マ、マミィ……！」

君って子は、なんて優しいんだ……！

失敗したのに褒めてくれるなんて……失敗しなくても常に怒られていた俺には考えられない。

成人男性として築き上げてきたプライドが、その瞬間、音を立てて崩れていくのを感じた。

「マミィ〜！」

気づいたとき、俺はマミィに走り寄り、その胸に飛び込んでいた。彼女の身長は俺よりだいぶ低いため、地面に膝をついてのダイブだ。

「よしよし、アカちゃんはいい子だね」

マミィは俺を優しく抱きしめてくれた。俺は彼女の胸に顔を埋める。

十歳のマミィだが、この部分の発育は普通よりやや……いや、だいぶいい。

めちゃくちゃに母性を感じるふかふかの枕のような感触に、脳みそがとろけて思わず赤ん坊に戻りそうになる。

「いい子、いい子～」

マミィが俺の頭を撫でてくれる。もっと撫でてくれ！　発火するまで！

「アカちゃんは本当にいい子だねぇ」

マミィの声は慈愛に満ちて、まさに赤子に話しかける母親のそれのようだ。

「強くて、勇敢で……アカちゃんはマミィの自慢の子だよ」

「うう……マミィ」

思わず目頭が熱くなってしまう。

前世では叱られてばかりで辛かった。こんなふうに褒められたことなんて、記憶を遡ってもここ二十年ほどない。

俺だって好き好んで「超ケンコー」なんてふざけた器具を売る仕事に就いたんじゃない。そこしか内定が取れなかったから入社したんだ。不向きな営業に配属され、コミュ障なりに頑張ってやっていたのに。

結婚できてなかったのだって、俺のせいじゃない。事務のオバチャンしか女性がいない職場と家の往復じゃ彼女なんてできっこないだろ？　孫の顔を見せて親孝行してやれなかった両親には申し訳ないけど……。

「ごめんな、俺、何もできなくて……」

前世を思い出していたら情けなくなって、思わず懺悔が漏れ出てしまった。

「そんなことないよ」

俺の言葉を、マミィが優しく打ち消してくれる。

「アカちゃんは、こうして生きててくれるだけでいいんだよ。それだけで、マミィは幸せだから」

頭を撫でてくれる小さな手が温かい。

「マミィ……」

前世の辛い出来事が、心の中から完全に消し飛んでいく。

ああ、俺、この世界では生きていてもいいんだな……。どんな俺でも、マミィはこうして優しく受け入れてくれる……。

　そうしてマミィに甘えまくっていた俺は、そこでハッとした。

「な……何やってんだ、俺は！」

　これでは変態じゃないか！　異世界転生してロリ巨乳エルフの胸に顔を埋めて甘えるなんて……！　人としてやっていいことと悪いことがある！

「ち、違うんだマミィ。キミがナニー族としての母性を発揮したいというから、俺は仕方なく付き合ってだね」

　慌てて彼女から離れ、かけてもいないメガネをエアーでくいっくいっと上げて真面目ぶる。

「いいんだよ、アカちゃん。マミィにいっぱい甘えて？」

　マミィはふわりと笑い、俺は「そういうわけには……」と己の理性と葛藤する。

　そのときだった。

「きゃあああぁっ！」

　絹を裂くような女性の叫び声が聞こえてきた。そう遠くない場所からだ。

「なんだ⁉」

「鳥さんの鳴き声……じゃないよね」

「どう考えても人の声だろ、行くぞ！」

今しがたの醜態を取り繕うためにも、俺は決然と走り出す。

声の主には、すぐに出会うことができた。悲鳴が上がった方向に向かうと、やや木々が開けた下草の多い場所で、一人の少女がしゃがみこんでいた。

その目の前にいるのは、異様な動物だった。体つきは二足歩行中の熊のようだが、頭部にはトサカのようなものがついている。眼光は邪悪に鋭く、赤い瞳が異様で不気味だ。

「あれがモンスターだよ、アカちゃん」

追いついてきたマミィが、小声で俺に教える。

なるほど……あの少女はモンスターに出くわして叫んだのか。

少女は形のよい唇を噛み締め、悔しそうに眼前の魔物を見据えている。

「こんなときにMP切れなんて……わたくしともあろう者が、油断しましたわ……」

可愛らしい声で呟く彼女は、かなりの美貌の持ち主だった。

赤と青のオッドアイが印象的な大きな両目に、細く高い鼻梁、艶やかで品のある唇、光るように流れる銀色のストレートヘア。マミィと違って、こちらはほぼ完成された美少女だ。

ただし、胸部の方はマミィに比べて寂しい気がする。彼女が着ている白いワンピースのような装束は、襟からお腹までほとんど起伏なくストンと落下していた。……って、そんなことを観察してる場合じゃない。

「そこまでだ、モンスター！」

俺は颯爽と飛び出し、少女の前に立ちはだかって魔物を見据えた。

「あ、あなたは……？」

少女は驚いて俺を見る。

「俺の名はアカヤ・イマダ。この世界の英雄になる男だ」

そう、その予定だ。予定……ではあるのだが。

俺が手にしているのは、さっき拾った木の棒一本。

対して、魔物は両手に鋭い爪を生やし、唸るような形に薄く開かれた口の奥からは、光る牙がのぞいている。

やべぇ……こんな状況でも、転生チート能力者ならいけるのか？　っていうか、俺ってなんの能力者だ？　女神からは何も聞いてないけど……。

「……アカヤ様？」

後ろから、少女の気遣わしげな声がする。不安がらせてしまったようだ。

と……とりあえず、ここは彼女を助けられればいいよな？

ということで、俺は身をかがめて地面に片膝をつき、背後にいる少女の方へ両腕を伸ばした。

「乗れ！」

「えっ？　ええっ？」

少女は戸惑いながらも、俺の肩に手をのせる。

「行くぞ！」

俺は少女をおんぶして立ち上がり、魔物に背を向けて一目散に走り出した。

すると、耳元を何かがヒュンッとかすめる。

「えっ⁉」

木の枝のようなものが、前方へ飛んでいくのが見えた。振り返ると、モンスターが近くの木の幹に触れていた。どうやらやつが投擲してきたものらしい。

「マジかよー！　モンスターが飛び道具使うのか⁉」

早く逃げないと！　たとえ木の枝でも、あのスピードで飛んできたら立派な凶器だ。

「危ないですわ！」

間髪を容れずに次の枝が飛んでくる。少女に言われて振り返ったときには、枝はすでに高速ドアップで俺の額のど真ん中を撃ち抜こうとしていた。

「……！」

ダメだ……！

素早く身をかわしつつも、間に合わない……そう思ったのだったが。

「……え？」

いつまで経っても、俺の額が割れる様子はない。というか、虫一匹当たった気配がない。

完全に無傷だ。

どうやら、俺は枝をかわすことに成功したらしい。

「今のは……」

少女も驚いている。

「ま、まあ避けられたんならいいや。早くここを離れよう！」

そうしてしばらく必死で走り、ふと後ろを振り返る。

「マミィ⁉」

マミィがついてきていない。それどころか、まだ魔物の近くにいる。

「何してるんだ、マミィ！　早く逃げないと……」

ヒヤッとして叫んだ俺は、次の瞬間とんでもないものを目にした。

マミィが片手を高々と上げる。すると、彼女の周りに小さな光の玉のようなものがいくつも集まってきた。

「マミィのアカちゃんに、何するのーっ！」

魔物に向かって叫んだマミィの顔には、明らかな怒りの色が表れていた。

「そんな悪い子は、滅ーっ！」

セリフになんか物騒な漢字が見えた気がする……と思っているうちに、彼女の手に集まった光が一気に大きくなり、魔物に向かって飛んでいった。

「あれは……ナニー族のエルフが使える古代魔法ですわ！」

そのとき、背中の少女が声を上げた。

「えっ⁉」

それじゃ、マミィは魔法に目覚めたってことか。

「ナニー族の女エルフは、自分の庇護対象に危険が及びそうになったとき、強力な魔法を無制限に使うことができますのよ。その力は母性に比例して、愛情が深いほど強くなるとか」

「そ、そうなのか……」

魔物に向けて飛んでいった光は、しばらくまばゆい明るさで周囲を照らしていた。そしてその光が散り消えると……魔物の姿は跡形もない。

「え？　何？　消し炭どころか消滅!?」

マミィ半端ないってー!!

唖然として、その場に立ち尽くしていると……。

「……あのう、もう下ろしていただいても？」

背中から、遠慮がちな声がした。

「あ、うん、ごめん」

慌ててしゃがみ、少女を下ろす。

「いいえ、こちらこそ、あなた様を危ない目に遭わせてしまって……」

俺の背中から下りた少女は、なぜかモジモジしている。

「わたくし、神官見習いのジェシーと申します。もうすぐ独り立ちの歳の十六になるので、森で修行をしておりましたの。近くに回復の泉があるからと油断して、ＭＰ切れのままモンスターと遭遇して不覚をとりました」

「そうだったか。俺は魔王を倒す旅の途中なんだ」

そう言った俺を、ジェシーは目を丸くして見つめる。

「あの魔王を!?　すごいですわ……！」

「え、そう？　まあ、せっかくこの世界に転生したんだし魔王くらい退治しようかなーと」

美少女からの賛辞に舞い上がり、せっかく東京に来たんだからスカイツリーくらい上ろうかなーみたいなノリで言ってしまった。

「えっ、アカヤ様、あの転生者なんですの……⁉」

ジェシーは目を丸くする。

「道理で……。普通の人間は、魔王退治なんて大それたこと考えませんものね……」

尊敬のまなざしをビシビシ感じる。照れる一方で「マジ？　そんな強いの魔王？」とビビる気持ちも湧いてくる。

まあでも大丈夫だろ！　俺は転生者なんだから！

「それに、さっきの枝を避けたときの驚異的な瞬発力……普通の人間とは思えませんでしたわ」

「そ、そうか？」

ここまで褒めちぎられると、どうしたらいいかわからなくなってしまう。

でも確かに、さっきのは不思議な感覚だった。単に若返って身が軽いとかじゃなくて、今までの自分の身体とは何かが違う気がする。

「転生者で腕に覚えがおありだから、わたくしを助けてくださったのですね。普通の人間は、魔物が放つ瘴気を恐れて、魔物に襲われている人を助けようとなどしませんもの」

え、そうなの？　いや、それはこの世界のことを知らなかったからできたんだわ……と冷や汗をかく。

「素敵ですわ……アカヤ様」

すっかり憧れの的になってしまったようで照れ臭い。

「まあ、今度からMP切れには気をつけなよ」

「はい……本当にありがとうございました」

だが、彼女は立ち去る気配がない。気品あふれる美少女を前に、非モテコミュ障の俺は気まずくなって、自ら身を翻そうとする。

「……あのっ！」

すると、ジェシーが叫んだ。その頰は赤く染まり、両手を身体の前でもじもじと揉んでいる。

「もしよろしければ……わたくしにお供をさせてくださいませんか？」

「はい⁉」

耳を疑って聞き返すと、ジェシーはうっとりしたまなざしを向けてくる。

「決めましたの。わたくし、アカヤ様についていきますわ」

「え？　でも、修行は？」

「アカヤ様と旅をする中で、様々なモンスターと対峙することがあるかと思います。それも修行ですわ」

ジェシーは嬉々として答えた。

「そうなんだ。えーっと、じゃあ……」

断る理由がなくなった。彼女は回復魔法と少しの攻撃魔法が使えるらしく、仲間として心強い。何より、こんな美少女なら目の保養としてもありがたい。

「わかった、よろしくジェシー」

俺はジェシーを仲間にすることにした。チャンチャンチャンチャン〜と脳内にメロディが流れる。

「ありがとうございますっ！　わたくし、命の恩人のアカヤ様のために頑張りますわ」

ジェシーの大きな瞳はキラキラと輝いていて、照れ臭くて目を逸らした。

「命の恩人だなんてそんな……」

そのとき、向こうからマミィが走り寄ってきた。

「アカちゃーん、大丈夫!?」

「ああ、俺は無傷だよ」

そこで、マミィにジェシーが仲間になることを伝え、ジェシーにもマミィと旅をすることになった経緯を話した。

「……というわけでして」

「アカちゃんは、女神様がマミィにくれた大切な赤ちゃんなの」

俺のあとにマミィが言うと、ジェシーの顔が見事に引きつった。

だよね！　お察しします！

「そ、そうですの……。それであんな魔法が使えましたのね……」

そんな彼女に向かって、マミィはにっこり微笑みかける。

「アカちゃんってほんとかわいいでしょ〜？」

「えっ……」

ジェシーは戸惑った様子で、俺を横目に見る。

いや、気を遣わなくていいぞ……どう好意的に見たって「かわいい」には無理がありすぎる年齢だ。

「え、ええ……」

だから無理すんなって！　顔が引きつってるぞ。

だが、マミィはそれをジェシーの本心と受け取ったようで、大いに顔をほころばせる。

「だよねっ！　じゃあ、これからはジェシーちゃんもマミィと一緒にアカちゃんをかわいがってね」

「か、かわいがるって？」

「ご飯を食べさせてあげたり、お洋服を着せてあげたり、いい子いい子してあげたりするんだよ～！」

「いや、いいから！　気にするなよジェシー！」

一瞬でも俺に憧れのまなざしを向けてくれた女の子にそんなことを言わないでくれマミィ！

「……わ、わたくしは、遠慮しておきますわ……」

マミィがご機嫌に歩き始めてから、ジェシーが小声でそう呟くように答えた。

「うん、そうしてくれるとありがたいよ……」

ともかく、こうして俺たちは三人で旅をすることになったのだった。

†

新たな仲間・ジェシーと共に、俺たちは再び森を歩き始めた。

見渡す限りずっと鬱蒼とした木々が続き、晴天か曇天かもわからないほど背の高い木がく。

密に葉を茂らせている。少し湿った地面を、マミィが用意してくれた革靴で踏みしめていく。

「ここでモンスターに襲われたら、ちょっと怖いな」

しばらく森を歩き、俺は手にした木の棒を見て呟いた。

ジェシーには回復の泉でMPをフル充電してもらったが、神官の属性上、戦闘では攻撃より回復役に向いているらしい。

マミィにはチート級の古代魔法があるが、あれはあくまでも「俺の身に危険が迫ったとき」に発動するもので、俺もできたら危険に晒されたくない。第一、マミィがモンスターを倒すのでは俺は英雄になれない。

「俺が戦うには、ちゃんとした武器を手に入れないとな……」

「武器でしたら、この森を抜けた先にある町に行けばあると思いますわ」

ジェシーの発言に、俺は「えっ」と食いついた。

「町？　近くに町があるのか」

「ええ。町には武器屋がありますもの」

「あ、マミィも聞いたことある！　町って人がいっぱいいるんだよね〜⁉」

マミィが目を輝かせる。こういうところは好奇心旺盛な子どもなんだよな。

「よし、じゃあ早くその町に行こう！」

　俺たちは町の武器屋に向かうことにした。

「……そうですわ。町へ行くなら、あなたがエルフだということは隠した方がいいかもしれませんわね」

　ジェシーの言葉に、マミィはつぶらな瞳をぱちぱちさせる。

「どうして？」

「エルフは希少種族ですわ。魔物に駆逐されて生息範囲を失いつつある昨今は特に……。中でもナニー族は大変珍しいんですのよ。あなたの正体が悪者に知られたら、良からぬ目的で狙われかねませんわ」

「それって、捕まえて売り飛ばされるってことか？」

「それもありますし、もっと非人道的な目にあうことも考えられますわ」

　えっ、なにそれこわっ！　もしや人体実験とか？　そういう系？

　ぞっとして押し黙る俺の隣で、マミィは思ったより落ち着いていた。

「……そうだね。町にはいろんな人がいるって聞いてたし、ジェシーちゃんの言う通りにした方がいいね」

　そう言うと、マミィは首の後ろに手を伸ばして、頭の上にぱふっと布をかぶせた。マミィの服にはフードがついていて、それをかぶったようだ。

尖った耳がすっぽり隠れて、マミィはただの人間の女の子になった。

「これで町へ行っても大丈夫、だよね！」

マミィは天真爛漫に笑う。

「……でも、そういえばさ。マミィは物心ついてからずっと人間に会ってなかったんだろ？　町のこととか人間の世界のこと、よく知ってるな？」

歩きながら素朴な疑問をぶつけると、マミィは微笑んで答えた。

「森にはいろんな仲間がいるんだよ。動物さんだけじゃなくて、ゴブリンさんとか人間の言葉をしゃべる仲間もいるの。マミィは森のみんなに育ててもらったんだ」

そういえば、さっきもゴブリンから聞いたとか言ってたっけ。ゴブリンってのはけっこうな情報通みたいだな。

納得していると、マミィが前方を見て声を上げる。

「あ、さっきの！」

見ると、そこには先ほど遭遇したグロブタリスがいた。俺が魔物だと思って攻撃しようとしたやつだ。

「さっきはごめんな」

俺が謝ると、グロブタリスは身を翻して木々の中に飛び込んだ。その行き先にひと回り大きなグロブタリスがいて、今飛び込んだやつはそいつの胸元に顔を埋めて、乳を吸うような仕草をする。

「お母さんだ！　まだ赤ちゃんだったんだね」

よかった、と呟くマミィを見ると、彼女が今まで森の中で、人間以外の生き物と本当に仲良く暮らしてきたことがわかる。

「おっぱいいか、いいいな」

俺も微笑ましい気持ちになって、思わず呟いた。それは百パーセント純粋な気持ちで、他意はゼロだったのだが。

「………………」

強い視線を感じて振り向くと、女性陣二人が俺を見てフリーズしていた。

「え、な、なんだよ⁉」

動揺していると、ジェシーが口を開いた。

「サッ、サイテーですわっ！　何をおっしゃってますの⁉　おっ……『おっぱい、いいな』ですって⁉」

「えっ、いや誤解だよ！　『いいな』は『可愛いな』って意味で……」

「わたくしは神官の卵、けがらわしいことを言う殿方は許せませんわっ！」

ジェシーは真っ赤になって聞く耳を持たず、自分のウエストポーチから小瓶を取り出して俺に振りかける。

「うわっ冷たっ！」

「聖水ですわっ！　これで頭をお冷やしになって！」

「聖水って魔物に使うモンだろ!?」

「ですから、アカヤ様に取り憑きし破廉恥モンスターよ、今すぐ出て行きなさいっ！」

破廉恥モンスター呼ばわりか、俺！

「……アカちゃん！」

聖水をよけていると、背後からマミィに呼ばれて振り向いた。

マミィは頬を赤くして、もじもじとワンピースの裾を握っている。

「……気づいてあげられなくてごめんね。アカちゃん、ずっとそれを求めてたんだね……」

恥ずかしそうにそう言った。

「本物のママじゃないから、出るかわからないけど……アカちゃんが欲しいなら、いいよ」

「ちょっと待って！　なんの話!?」

わかってるような気がするけど！

「だって……欲しいんでしょ？」

マミィは目の縁まで赤く染めて囁く。

「……おっぱい」

「違うんだ！　ごめんなさい！」

いくら一回り若返って十代になったとはいえ、幼女のおっぱい吸ったらアウトだろ！

「遠慮しないで？　マミィのこと、ほんとのお母さんだと思って甘えていいんだよ？」

マミィはそう言うと俺の手を取り、自分の胸に強引に押し当てた！

「……！」

ふよふよとやわらかい、温かな弾力……なつかしい感触だ……そうか、マミィは俺のお母さんだったのか……。

「って違う！　本物の母親だったとしてもヤベーだろ！」

こんないい歳して母の胸をわし摑む息子がいるかー！

「サイテーですわ、アカヤ様！　いくらそのちびっこが年齢不相応のバストを持っているからといって……ああっ悔しいっ！」

「違うんだ、今のはマミィが勝手に……！」

そうして俺を詰るジェシーと、執拗におっぱいを与えようとするマミィとの板挟み地獄でしっちゃかめっちゃかになりながら、なんとかして二人に誤解だと訴えた。

「……そっか。アカちゃん、おっぱいが欲しいわけじゃなかったんだね。勘違いしてごめんね」

ようやくわかってくれたマミィが、どことなく残念そうに言う。

ジェシーはまだプリプリしてそっぽを向いている。

俺を甘やかすためならおっぱいも辞さないマミィと、潔癖聖職者のジェシーという、なかなか難儀なパーティであることがわかった。

「いや、こっちこそごめん。本来ならマミィは本物の赤ちゃんを可愛がってたんだろうに、それなら問題なかったのに……赤ちゃん役がこんなデカくて」

俺の身長は日本人男性の平均でガタイも普通だけど、マミィにしてみれば充分手に負えないサイズだ。

俺が「学生の頃に戻りたい」なんて願ったばかりに、こんなことになって申し訳ない。

「そんなことないよ」

マミィはふんわり微笑んだ。俺の手を取り、慈しむように撫でる。

「マミィはね、初めて会うのがどんな子でも、心から可愛がってお世話しようと思ってたの。ずっと前から、アカちゃんに会えるのを楽しみにしてたんだよ」

それを聞いて、心がじんわり熱くなるのを感じる。

前世で母親に「孫の顔も見せてくれないなら育てて損した」と責められたこと、あのときのやるせない気持ちが浄化(じょうか)されていく。

気がついたとき、俺はマミィに抱(だ)きついていた。

「マミィ……！」

俺はキミに可愛がってもらうために生まれてきたのか……！

前世での辛(つら)いことも、きっとみんなそのためにあったんだ……！

「ちょ、ちょっと!?」

そこで、さっきまで背を向けていたはずのジェシーが、マミィに甘える俺を見てぎょっとしたように叫(さけ)んだ。

「何をしてますのあなたたち、フケツですわっ！」

「アカちゃんは不潔じゃないよ～！　昨日も川で、頭からつま先までマミィがキレイキレイに洗ってあげたもんね～」

「はぁっ!?　それって、それって……破廉恥すぎますわっ！」

「……ち、違うんだ！」

　ハッとして、俺はマミィから離れる。おっぱいは回避したのに、結局こうなってしまった。

「マミィが勝手に洗ってきて！　でも大事な場所は死守したから！」

「そういう問題じゃありませんわっ！　あなたたち、変態ですわーっ！」

　ジェシーの絶叫が森の中にこだまし、驚いた鳥たちがバサバサッと空へ飛び立った――。

マミィの

育児日記

○月 ×日

ついに、待ちに待ったマミィの赤ちゃんが生まれたの！

名前は「アカヤ」だから、アカちゃんって
よぶことにしたよ。

アカちゃんはとってもおりこうで、生まれたてなのに
ひとりでちっちできるの！ マミィおどろいちゃった！
ご飯も食べられるし、そしてなんとなんと、おふろにも
入れちゃうんです！ 天才だよね！
しょう来が楽しみだよ～！

いっぱい食べて、いっぱいねんねして、
うーんと大きくなってね！

大好きだよ、アカちゃん♥

第２章　このまま武器だけを奪い去りたい

そんなドタバタがありつつも、俺たちはついに森を抜け、町へやってきた。

そう大きな町ではないのは、遠目から見てわかった。

町外れから家々がポツポツと並び、しばらく歩くと町の中心と思われる商店街が現れる。

家も店も煉瓦造りの三角屋根で、商店街あたりの道は石畳で舗装されていた。察するに、だいたい中世ヨーロッパくらいの発展具合なのかな？

「わ〜これが町なんだね〜！」

マミィは目を輝かせて、左右に連なる店を見ながら歩いている。

「すごーい！　人がいっぱいいる！」

とはいえ小さな町なので、新宿や渋谷に比べたら人通りはだいぶまばらだが、マミィには充分驚きなのだろう。

そんな商店街の一角に、武器屋はあった。

「ここですわ。武器のマークがありますでしょう？」

ジェシーが指差したのは、店の入り口の上にある金属製の看板だ。剣のような絵が浮き彫りになっている。

「……そういえばですけど、アカヤ様はこちらのお金をお持ちですの？」

店に入ろうとしたとき、ジェシーに尋ねられた。

「あっ……」

大事なことを忘れていた。裸一貫（文字通り）で転生した俺は、どちらのお金もお持ちではない。

「えーと、そうだな、うーん……」

一週間タダ働きで店番する……とかで許してもらえないかな？　なんて甘いことを考えていると、ジェシーが急にモジモジし始めた。

「……わたくし、父が大神官ですの。正直、家は裕福ですわ」

「うん？」

なんだ自慢か？　感じ悪いぞ？

「修行中の身ですが、わたくしもお金には不自由しておりませんし、アカヤ様さえよろしければ、お支払いしてもよろしくってよ？」

「おお！」

そういうことか。妬んでごめん！

「助かるよ、ありがとう！　買った武器でモンスター倒しまくって、早く英雄になって返せるように頑張るな」

「いえ……返さなくても、けっこうですわ」

「え？」

いや、そんなわけには……と戸惑っていると、ジェシーは顔を赤らめた。

「わたくし、初めてでしたの。両親に大切に守られていたから、命の危険なんて、先ほどモンスターに襲われるまで感じたことなくて……」

それは平成生まれの日本人だった俺もすごく共感できる。ホームから落ちる直前まで、本格的な死の恐怖など感じたことはなかった。

「だから、助けていただいて本当に感謝しておりますの……」

「つまり、助けたお礼に、武器代は返さなくていいと……？」

俺が問うと、ジェシーはちょっと困ったように視線を外す。

「と言いますか、わたくしの家計とアカヤ様の家計はいずれ一つになるかもしれませんし……」

小声で何かゴニョゴニョ言っているので、聞き返そうかと思った、そのとき。

「うちの店の前で何やってんだ、テメェら！」

背後から、男の怒鳴り声が浴びせられた。振り向くと、角刈りの中年男性がこちらをにらみつけていた。

「えっ⁉」

「ゆうべの盗賊の仲間か⁉　言っとくが、うちにはもう武器なんか一個もねぇぞ」

後半の内容に驚いていると、近づいてきた男は、俺たちを見て多少表情を和らげた。

「女子どもに神官様か……？　どうやら盗賊じゃねぇみてぇだな」

「わたくしたち、武器を買いにきたのですわ」

そこでジェシーがすかさず言った。マミィもうんうんと頷く。

「お客さんだったか。怒鳴りつけて悪かったな」

武器屋の店主らしき男は眉を下げて詫び、再び厳しい表情になる。

「だが、今言った通りうちにゃ品物はねぇ。他を当たってくんな」

「他って……他の武器屋はどこにあるんですか？」

俺が訊くと、店主は首をかしげる。

「この町にはねぇから、よその町だな。丸一日歩けば隣町に着く」

「丸一日……」

丸腰で丸一日か……語呂はいいけど、不安なことこの上ない。

「なんとかなりませんの？　剣一振りでも」

ジェシーが食い下がってくれるが、店主は首を振る。

「悪いが根こそぎ持っていかれちまってな。飾り物の武器を含めて、弓矢一本残さず盗られちまった。この分じゃ当分店じまいだ」

「ひどい……誰がそんなこと」

マミィが心を痛めたように呟く。心優しい彼女のことだから、店主の気持ちになっているのだろう。

「盗賊団だ。『黒いイナズマ』と呼ばれてる連中だよ」

ふむ……なんか前世に似たような曲名があったな。覚えやすい。

「やつらは少し前から町外れにアジトをかまえて、ここいらで盗みを働いてやがるんだ」

「敵の居場所がわかっていますのに、取り返しに行きませんの？」

ジェシーが尋ねると、店主は顔をしかめて首を振った。

「連中は腕っ節の強さで有名だ。素人にゃ太刀打ちできっこねぇし、強者を雇う金もねぇ。それに……」

と店主は眉をひそめる。

「そのアジトは、昔ゴブリンたちの住処だった場所だ。ゴブリンには呪いをかける力があるというし、そんなとこ近づけねぇよ」

そこでマミィが驚いた顔になる。

「ゴブリンさんたちは呪いなんかかけないよ？」

店主は「ん？」とマミィを見る。

「なんだ？　嬢ちゃん、ゴブリンと友達みてぇな言い方だな」

マミィが頷きかけて、はっとする。正体がバレるかもと気づいたようで、両手で自分の口をバッテンの形に押さえる。可愛いけど失言したのがバレバレだぞ……と思ったとき、店主は首を横に振った。

「そんな人間いるわけねぇな。エルフじゃあるまいし」

そう呟くと、店主はふと真顔になる。

「もしエルフがいたら、とっ捕まえて売り払えば、たちまち新しい商品を仕入れられるんだけどなぁ……」

「えっ」

緊張する俺たちを見て、店主は笑う。

「なに、冗談だよ」

ほんとか？　ちょっと目がマジだったぞ？

しかし、マミィの正体はなんとかバレずにすんだようだ。ジェシーの言う通り、マミィがエルフであることは隠しておくのが正解のようだ。

ほっとしている俺たちを見て、店主は改めて口を開いた。

「ともかく、そんなわけで、悔しいが泣き寝入りだ。クソッ、盗賊の奴らめ……」

そう呟いた店主は本当に悔しそうで、他人事ながら気の毒になってしまう。

「……よし」

俺は低く呟いた。

「それなら、俺たちでその盗賊を退治しよう」

これこそが、今田赤哉が英雄になるための最初の試練だ。

「アカちゃん!?」

「武器もないのに、どうやって立ち向かいますの!?」

マミィとジェシーが慌てた様子を見せるが、俺はもう決心していた。

「ここで武器を手に入れられなかったら、モンスターがいつ出るかわからない中を丸腰で丸一日歩かなきゃいけないんだ。やるしかないだろ」

「そうですけど……」

「俺がやられたときは回復を頼む」

俺の決意が伝わったのか、ジェシーは緊張の面持ちで頷く。

「……わかりましたわ、アカヤ様」

そうして、俺たちは店主から詳しい話を聞いて、盗賊のアジトを目指した。

†

町を出ると、枯れかけの下草が生えた平原が見渡す限り広がっていた。ここから小さく見える森の近くに、盗賊団「黒いイナズマ」のアジトがあるらしい。

太陽は高く昇り、上からジリジリと暑さが迫ってくる。この世界の四季や気候がどうなっているのかまだわからないけど、体感では日本の五月くらいの陽気だ。

「なんか喉渇いたなぁ」

何気なく呟いてしばらく歩いていると、ふと視線を感じる。

振り向くと、マミィが俺をじっと見つめていた。

「……おっぱい、飲む？」

自分の胸を押さえて、上目遣いにそう尋ねてくる。

「いや違うんだ！」

さっきのは誤解だから忘れて！

「でも……」

「マジで大丈夫だから！　ほんとの赤ん坊じゃないし、俺にあんまり気を遣わないでくれよ」

ちょっと冷たい言い方になってしまったかと反省しかけるが、マミィにはこれくらい言わないと通じないのかもしれないと思い直す。

マミィは少しシュンとした様子になりつつも、

「わかった……」

と、おとなしく引き下がった。

「……そういえば、腹も減ったな」

気を取り直して、俺は呟いた。

「町で昼食をとればよかったかもしれませんわね。もうお昼ですもの」

ジェシーが高く昇りつつある太陽を見上げて言う。

この世界に来てから何度か食事をしたが、それは全部マミィが用意してくれたものだった。

　マミィは森で採集中心の生活をしていて、俺に振る舞ってくれたのも果実やキノコが多かった。あっさりメニューなので、すぐにお腹が減ってしまう。

「とりあえず飲み水を探すか」

「あそこに湖がありますわ。あそこまで行ったら少し休みましょう」

　ジェシーが指したのは、森の手前にある小さな湖らしき水辺だった。そこまで行けばもうアジトは目と鼻の先だが、戦いの前にコンディションを整えるべきだろう。

　湖に向かって歩いているとき、隣にいたはずのマミィが少し遅れていることに気づいた。

「マミィ？　疲れたか？」

　振り返った俺の目に飛び込んできたのは、俯いてしゃくりあげるマミィの姿だった。

「うっ……ひっく……うっく……」

「どうした!?」

　驚いて尋ねると、マミィは顔を上げた。涙にまみれた愛らしい顔を手の甲で拭い、口を開く。

「ふぇ～ん……もう我慢できない……アカちゃんを甘えさせたいよう～！」

　俺とジェシーの目が点になった。

「……な、何を言ってますの？」

「もしかして、さっき俺が『気遣うな』って言ったからか？」

マミィが頷く。

「こんなにアカちゃんを甘えさせたいのにぃ～……何もできないなんて～！」

「わ、わかった、わかったよ！　甘える！　俺を甘やかしてくれ！」

幼女をいじめているような図に耐えきれず叫んだ。すると。

「……ほんと？」

マミィはぴたっと泣き止み、嬉しそうに両手を広げる。

「わーい！　おいで～アカちゃん！」

「お、おう……」

ジェシーの目を気にしつつ、ここは仕方ないよなとマミィに抱きつく。

「アカちゃん、いい子いい子～よしよし～」

マミィが俺の頭を強く抱きしめ、ふかふかな胸に顔がめり込む。

「ちょっ、マミィ、息が苦しい……」

死因が「幼女のパイ圧で窒息」なんて、前世に比べて大出世の感があるが、魔王を倒すまでは死ぬわけにいかない。

「息が苦しい!?　大変、アカちゃんに人工呼吸しないと……！」

「って、さすがにそれはわたくしが許しませんわよ！　お離れなさいっ！」

ジェシーが割って入り、なんとか俺の唇は守られた。


そんなタイムロスがありつつも湖に到着した俺たちは、まず湖水で喉を潤した。次いで、マミィが湖のほとりで食べられる果実を探して持ってきてくれる。

「いただきまーす！　……うまい！」

マミィが採ってきたのは、ラズベリーやさくらんぼを思わせる赤い果実だ。噛むと外側の皮がプチッと弾け、ハチミツのように甘くジューシーな果肉が現れる。食べたことのない味の果物だった。

「ハニーグレープの実だよ」

マミィは、がっついて食べる俺を見て、嬉しそうに微笑んだ。

「マミィの分も食べていいよ、ほら」

「え、でも」

「また採ってくるから」

そう言って、俺の手にどっさりハニーグレープを載せる。

「いっぱい食べられて偉いね～」

愛おしそうに目を細めて、マミィは俺の頭を撫でる。

「いい子だね～アカちゃん」

「や、やめろって……」

とは言いつつも、ヨシヨシしてくれる手が気持ちいいのは否めない。

「過保護ですわ！　幼児でも自分で採れますわよ！」

ジェシーはツッコミながら、自分で摘んできたハニーグレープを上品に食べている。

そこで、マミィが俺の顔を見て「あっ」と声を上げた。

「口の横に赤いのついてる」

ハニーグレープの実は真っ赤だから、食べているうちに汁がついたのだろう。手でこすろうとしたとき、マミィが俺の顔に手を伸ばしてきた。丸いやわらかな指先で唇の端を拭ってくれる。

こうして近くで見ると、マミィはやっぱり可愛い。甘やかし方には問題があるけど、見た目は天使そのものだ。

「はい、取れたよ」

そう言うと、マミィは自分の指についた赤い汁をペロッと舐める。

「うん、甘いっ！」

「ちょ、マミィ……！」

自分の口の端についていたものなので、恥ずかしくなってうろたえてしまう。そんな俺を見て、マミィはますます笑顔になる。

「ちゃんと拭いてあげないと、かっこいいお顔が台無しだからね」

「いや、そういうことじゃなくて……てか何言ってんだよ……」

昔から容姿にまるで自信がないので、褒められると照れてしまう。

絶望的なブサイクではないと思うが、特に褒めるべきところも見当たらない平凡な顔立ち。それくらい自覚してる。

「だってアカちゃん、とってもかっこいいもん」

「んなことないよ」

「マミィ、嘘は言わないよ。アカちゃんのお顔はとっても素敵。ちゃんと見てごらん？」

マミィは真剣だ。嘘やお世辞ではなさそうな気がして、つい「もしかしてそうなのか？」と思ってしまう。

すでに川の水面で確認して、イケメンに生まれ変わっていないことは百も承知だけど、一縷の望みを抱いて湖に近づいた。

だが、湖面をのぞきこんでみると、そこにあった顔は、見慣れた顔とは似ても似つかなかった！

　刻み込んだような皺が幾重にも現れた肌、ギョロリと大きな目玉、醜い造作、そして……緑色の皮膚。

「ギョエ――――ッ！」

　卒倒しそうな衝撃を受けて、奇声を上げてその場で跳び上がった。

「アカちゃん⁉」

「アカヤ様⁉」

　マミィとジェシーが駆け寄ってきたとき、俺は尻餅をついてブルブル震えていた。

「バケモノ！　バケモノになっちまった、俺！」

　ところが、湖面に映ったバケモノの顔は、そのままにゅっと水面から浮かび上がった。

　その顔が、こちらを見て口を開けた。

「やあ、マミィ」

　バケモノの俺が喋り出した⁉

　それを見たマミィは声を上げる。

「ゴブリンさん！」

　ゴ……ゴブリンさん⁉

「じゃあ、この人（?）が、マミィが森で友達だったゴブリンなんだな」

落ち着いた俺は、目の前の生き物を見る。二足歩行で、木みたいな茶色の服を着たそれは、遠目なら人間の子どものように見えなくもないが、それゆえ緑色の肌が違和感だ。

「マミィが盗賊退治に行くって聞いて、アドバイスにきたんだよ。久しぶりにこの池で泳ぎたかったし」

ゴブリンはそう語った。

「盗賊がいるのは僕たちの昔の家だっていうからね」

「聞いたって、誰から？」

ここにはスマホもパソコンもないのにと不思議に思う。

「森の鳥からさ。マミィが森を出たのが心配で見にきたんだって」

森の仲間ネットワークすげぇ！

「ありがとう、ゴブリンさん」

マミィは嬉しそうに言って、俺の腕をぐいっと引き寄せる。

「マミィの大切な赤ちゃん、ゴブリンさんに見せられて嬉しいよ」

「元気そうな子じゃないか。幸せになれよ、マミィ……」

「いい話風になってますけどおかしいですからね⁉　この方赤ちゃんじゃありませんし！」

ジェシーがツッコむが、マミィもゴブリンも涙ぐんでいて聞いちゃいない。

「いつも言ってたもんな、マミィ。『赤ちゃんができたら、たくさん甘えさせて、おっぱいもあげたい』って」

言ってたのかよ！

「その夢が叶ったんだな……」

「うん……」

「いや、まだ叶えさせてねーからな⁉」

そこはツッコんでおかないといけない気がした。

「……そういえば、ナニー族は『物心ついて初めて見た人間』を可愛がるんだろ？　なんで、ゴブリン……さん、じゃなくて俺だったんだ？」

マミィと仲睦まじげに話すゴブリンを見て疑問に思ったことを尋ねる。

「それは僕らが『人間』じゃないからだよ。見てわかるだろ？」

ゴブリンが当然のように答えた。

あ、なるほど……「人間」ってほんとに厳密に「人間」なのね。

納得した俺は、ふとマミィからの強い視線を感じる。

「……なんだ？」

「アカちゃん……」

マミィはなぜか頬を染め、目をうるうるさせている。

「もしかして、ゴブリンさんにヤキモチ焼いてるの？」

「はい？」

「大丈夫、マミィはアカちゃんだけのママだよぉ～っ！」

そう言うと、マミィは俺に抱きついてきた。

「うわっ⁉」

勢い余って地面に倒れ、俺はマミィに押し倒される形で横たわる。

「ヤキモチ焼きなアカちゃんもかわいいよ～！」

マミィがぎゅっと抱きついてくる。

「いや、違うって……！」

「大丈夫、ゴブリンさんもグロブタリスさんもブスクマザルさんもお友達だから！　マミィの赤ちゃんはアカちゃんだけだよ～っ！」

っていうか森の仲間ブサそうなやつ多くない⁉　ゴブリンの手前言えないけど！

「ちょっと！　何してますのあなたたち！　い、いかがわしいですわーっ！」

「違うよ、お嬢さん。これは美しい母子のたわむれなんだ」

俺たちを見てわなわな震えるジェシーに、ゴブリンの謎のフォロー。

敵のアジトを目の前にして、パーティはなぜか混沌としてきたのだった。

†

そんな一悶着のあと、ゴブリンは俺たちにアジトの構造を教えて帰っていった。

盗賊団「黒いイナズマ」のアジトは、土を盛り上げて作った茶色い巨大なかまくらのような外観だった。その巨大かまくらの端に、人が這いつくばってやっと通れるくらいの穴がある。

「あそこが入り口だな」

遠目からそれを確認して、俺たちは突入の作戦をおさらいする。作戦といっても普通に正面突破だけど。でも、ゴブリンのおかげで中の構造がわかっているのが心強い。

「……よし、これで万全だ！」

勝てる気しかしない！

自信をつけた俺は、準備運動に取りかかった。だがアキレス腱を伸ばしているとき、はりきりすぎて足首がグギッとなってしまう。

「イテッ……！」

するとマミィが走り寄ってきた。

「大丈夫⁉　アカちゃん！」

こちらが答える間もなく、俺を草むらに横たえる。

「よしよし、今手当てしてあげるからね〜っ！」

どこから取り出したのか、マミィは包帯で俺の足首をグルグル巻きにした。

「えっ⁉　いや大丈夫だって！　捻挫にすらなってねーし！」

「ふぇ？　そうなの？」

マミィは泣きそうな顔だ。

「何やってますの？　軽い怪我くらいなら、わたくしの魔法で治せますわよ」

ジェシーが呆れたように言い、俺たちは仕切り直してアジトの入り口へ向かった。

「……暗いな」

中は、人気も灯りもなく視界が悪い。ぼんやり光を感じる方を見ると、下へ階段のように続く土の道があったので、マミィたちと目を合わせて無言で向かった。盗賊は広い地下の部屋にいるだろうというのが、ゴブリンから聞いた話だ。

「……あれが盗賊か」

階段の終わりは、洞窟のような広い空間に続いていた。そこに大勢の人間がいるのは、灯りと、男たちの荒っぽい談笑の声から明らかだ。

ここまでおよそ一分。首尾は完璧だ。

男たちがいる部屋の奥の方に、剣や弓矢が大量に立てかけられているのが見える。おそらく昨日武器屋から盗んだものだろう。

ああ、あの武器だけ置いて立ち去ってくれないかな～なんて、ちょっとだけ願ってしまう自分が情けない。

「よし、行くぞ……」

息を呑み、固く拳を握る。

そこで、後ろのジェシーがウエストポーチから何かを出して顔につけたのに気づいた。

「なんだ、それ？」

「スキル・スコープですわ。これをつけていると、戦闘中に相手が特殊能力を使った場合、その能力の名前や特性がわかりますの」

よく見れば、それは確かにメガネのような形のものだ。

「へえ、便利だな」

　そこで俺はふと思いついた。

「それで、俺のことも見てくれよ」

　俺の言葉に、ジェシーは目を見開く。

「アカヤ様、やっぱりスキルをお持ちなんですのね？」

　さすが転生者……という尊敬の視線を感じる。だから俺は大きく頷(うなず)いた。

「ああ。さっき、モンスターが投げた枝を避(よ)けたのを見ただろ？　転生して、なんかすごい身体能力を得た気がするんだ」

　不安な気持ちも確かにある。でも、それ以上にワクワクしていた。

　日本にいた頃(ころ)、日々の憂(う)さを忘れるためにネットで読んでいた異世界冒険譚(ぼうけんたん)の数々が思い出される。

　俺は今、あの主人公たちと同じ英雄(ヒーロー)になるんだ！

「そこまでだ！」

　俺は階段の陰(かげ)から勢いよく飛び出た。

　叫(さけ)んだ声は、洞窟の中で思った以上に通った。談笑は止まり、男たちの視線が一斉(いっせい)にこちらへ集まる。

盗賊たちは酒盛りの最中だったようで、それぞれがジョッキらしきものを持って、日焼けした顔を赤くしていた。

「……なんだぁ？」

ガラの悪い屈強そうな男たちの中で、ひときわ存在感を放つ男がこちらへ一歩進み出た。

タンクトップのような上衣から出た、ボンレスハムのごとく発達した上腕二頭筋。そこに描かれた稲妻模様の黒いタトゥーを目にして、思わず足がすくむのを感じた。

「アカちゃん、辛いときはいつでもマミィが抱っこしてあげるからね⁉」

マミィの声で、緊張感がちょっと緩む。でもここでマミィに抱っこされてるわけにはいかない。俺の勇姿を見てろよ、マミィ、ジェシー！

「はぁっ！」

俺は気合の声を上げ、拳を振り上げて走り出した。だが、盗賊の視線に威圧されて、微妙に進路が逸れて壁にたどり着いてしまう。

「やーっ！」

再び走り出し、今度こそ盗賊へまっしぐら……のはずが、やっぱり気づくと壁の前にいた。

「…………」

ダメだ。いざ戦おうとしたら、怖すぎる。目の前にいる連中は、同級生に何人かいた不良なんてモンじゃなく悪そうだし、前世だったら一生かかわることがなかっただろう人々だ。

仕方がないので、とりあえず壁を殴ってみることにする。ささやかながら威嚇のつもりだ。手が痛くなるだけだろうけど……。

と思ったのだが。

ドゴッ！

「ええっ⁉」

思わず、自分の口から驚きの声が漏れた。

なんと、軽く殴ったはずの岩壁が、直径三十センチほど一気に砕けたのだ。

どうなってるんだ⁉　岩が脆いわけじゃないよな⁉　こんなことで簡単に砕けるような岩質で、地下室なんか作れるわけない。

じゃあ……これが俺のスキルなのか⁉

やっぱり俺、チート能力者だよな⁉

「……な、なんだあいつ⁉」

「なんて怪力だ……」

盗賊たちがざわつき出した。

「あの腕力で、俺たちを襲いに来たのか⁉」

「じゃあなんでこっちに向かってこないで、壁なんか砕いてるんだよ⁉」

「新手のパフォーマーか⁉」

盗賊たちは混乱している。

「よ、よし……！」

段取りとはちょっと違うが、いい感じに敵を撹乱できているようだ。

その隙に、部屋の奥へ向かおうとする。

こうなったら、とにかく武器を取り返すことを優先で動こう。不要な暴力は振るわない主義だ。

だが、そこで目の前に大きな影が立ちはだかった。

見上げると、稲妻タトゥーのボスが、邪悪な笑顔で俺を見下ろしていた。

「なんだ小僧？　俺たちの大事なお宝になにかご用か？」

「あっ……」

　そして、周りの子分に命令する。

「こいつらをつまみ出せ！」

　子分の数人が、入り口近くにいたマミィとジェシーの方へのそりと向かった。

「なんだ、ガキじゃねぇか」

「おっ、こっちのお嬢ちゃんは上玉だな。俺たちと遊ぼうぜ」

　マミィをスルーした子分たちが、ジェシーに目をつけて彼女の手を掴む。

「何ですのっ！　わたくしは神官の卵ですわよ⁉　おやめなさい！」

「いいねぇ、汚れなき女神官なんてそそるじゃねぇか」

　ジェシーの抵抗も虚しく、屈強な男たちに連れていかれそうになる。魔物ではないので攻撃魔法を使うわけにもいかず、ジェシーは泣きそうな顔で俺を見た。

「アカヤ様……！」

「やめろっ！」

　俺はそちらへ駆けつけて、ジェシーに触れている男たちに向かって叫んだ。

「おっと、なんだ小僧」

「やるのか？」

「いくらすげぇ怪力を持ってようが、俺たちに向かってこないなら怖くねぇぜ」

男たちが人相の悪い顔ですごんでくる。俺は完全にナメられてしまったようだ。

だが、ここで引き下がったらジェシーがさらわれてしまう。

「俺の仲間から手を放せ！　彼女はお前らみたいな汚いやつらが触れていい人間じゃない」

勇気を振り絞って、そう言い放った。

「アカヤ様……」

ジェシーは俺を見つめ、嬉しそうに呟いた。その瞳は潤んでいる。

子分たちは彼女から手を離し、憤然とした表情で俺を見た。

このまま引き下がってくれ……祈るような気持ちで、やつらをにらみつけていたのだが。

「……おい、クソガキ。よくも『俺の仲間』を侮辱してくれたなぁ？」

背後から殺気を感じ、振り向いた瞬間、左頬に衝撃を感じた。

殴られたとわかるまでには、多少の時間を要した。なぜなら……。

「イッテェ――――ッ！」

痛がっているのは、俺ではなくボスの方だった。右の拳を押さえて、思い切り顔をしかめている。

一方の俺は、まったくもってノーダメージだった。

それがまた、相手の癇に障ったようだ。

「テメェ～～！」

逆上したボスが、俺に向かって再び殴りかかってきた。

だが、俺はボスの攻撃をすべて避けた。

「……なっ⁉」

ボスは驚きながらも、さらなる拳を振り下ろそうとしてくる。だが、その顔には戸惑いが広がっていた。

「なんなんだよ、お前は……そんな強ぇのに、なんで何もしてこねぇんだよ⁉」

自分から攻撃してこない俺を、気味悪く思っているようだ。

でも、俺だって好きで棒立ちになってるわけじゃない。

殴り返せばいい。それはわかってる。

俺の拳は岩をも砕くんだ。さっき実証済みだろ？

それでも、前世で友達と口喧嘩すらしたこともない俺は、こんなときでも人に手を上げることを躊躇してしまうのだった。

震える両手が、弱気な自分が情けない……そう思って唇を噛み、膝をついた。

そのときだった。

「アカちゃん！」

背後から軽い足音が聞こえてきて、目の前で止まった。

「マミィのアカちゃんにひどいことしないで！」

目を開けると、マミィは俺とボスの間に立って、俺を庇うように両手を広げていた。

「マミィには何してもいいから！　アカちゃんにだけは……お願い！」

「……な、なんだ？」

盗賊のボスはひるんでいる。その隙を見て、マミィは俺を抱きしめた。

「アカちゃん、大丈夫？　痛かったよね、マミィがついていながらごめんね」

マミィは俺の顔を包み込むように抱きしめ、頬を撫でてくれた。

「よしよし、アカちゃんは勇敢だね……いい子いい子だよ」

俺を抱く手に力が込められる。

「アカちゃん、すごいよ……かっこいい。よく頑張ったね」

マミィは俺の耳元に口を寄せ、温かな声色で囁く。

「そんな……ことないよ、俺……」

ジェシーを助けようと敢然と飛び出したのに、殴ってきたボスを殴り返してやることもできなかった。それなのに、マミィはこうして労ってくれるのか。

「アカちゃんが殴れなかったのは、アカちゃんが優しいからだよ。それは、とーってもすてきなことなんだよ」

　そんな俺を励ますように、マミィはあたたかく囁く。

「マミィ……」

「マミィは、そんな優しいアカちゃんが大好きだよ」

　マミィのやわらかい胸の感触を顔面に感じる。俺が膝立ちでマミィが立っているから、抱き合うとちょうど顔の位置にマミィの胸がくるのだった。

「でも、こうしてアカちゃんをいい子いい子してると、ちょっぴり胸がざわざわするの……」

「えっ……？」

　顔を上げると、マミィは愛らしい目を細め、ほんのり頬を赤くして俺を見つめていた。

「これってなんでかな？　森のお友達の誰も、そんなこと教えてくれなかったけど……」

　そう言って、くすぐったそうに微笑む。

「アカちゃんがほんとの赤ちゃんじゃなくて、かっこいいお兄さんだからかな？」

「マ……」

　マミィ！

決めた俺、マミィが大きくなったら結婚する！　孫の顔を見せてやれるぞ母さん！　どうにかして会いにきてくれ異世界へ！

さすがに今はまずいけど、あと五年もすれば問題ないよな⁉

「ちょっと！　何やってますのあなたたちっ！　敵の前ですのよ⁉」

ジェシーが焦ったような声を上げ、俺は我に返った。

「うわっ、マジだ！」

ってか俺ヤバくない⁉　何考えちゃってんの⁉

「ち、違うんだ、これはあの、その！　孫の顔がアレでソレで！」

「何をおっしゃってますの⁉　あなた変ですわ、熱でもありますの⁉」

「お熱⁉　アカちゃん、大変！」

心配したマミィが俺におでこコツンしてきて、場はますますカオスになる。

「よしよし、お熱はないですね～。ぽんぽんは？　喉は痛くない？」

「いや違うんだ、これはその！　引くなジェシー！　俺は巨乳の成人女性が好きなんだーっ！」

するとジェシーの顔色が変わる。

「サッ……サイテーですわっ！　なんて破廉恥ですのーっ！　ひどいっ！」

そう叫び、自分の胸を押さえて泣き崩れてしまう。

「えっ⁉　いや、違うんだ！」

よくわからないが「巨乳」のワードが彼女を傷つけてしまったらしい。

「ジェシーはほら、顔はいいから！　胸は伸びしろだって！」

「アカちゃん、大きいおっぱいがいいの⁉　マミィのお胸がもっと大きくなったらおっぱいしてくれる⁉」

「いや、そうじゃないし君はそれで充分だマミィ！」

もう誰をどうフォローしていいのかわからず右往左往する。

盗賊たちもまた、そんな俺たちを見てざわついていた。

「なんだあいつ……」

「岩を砕いたかと思ったら、幼女に抱きついて、最後は赤ちゃんみたいに甘え倒してやがった……」

「大声で巨乳好き宣言もしてたぜ」

「完全にやべぇやつだ……クソ強ぇだけにめちゃくちゃ怖ぇ！」

「何者なんだよあいつ⁉」

「そういえば、ここは昔ゴブリンたちの巣だったそうだな……」

「もしかして、これはゴブリンの呪いか⁉」

「おっかねぇ！　こんなところもういられねぇよ！」

「今すぐ逃げよう！　武器なんかまた盗みゃいいさ！」

雪崩のような音を立てて、男たちが一斉に地上へ向けて走り出す。

気がついたとき、地下空間には俺たち三人しかいなかった。大量の武器も食事の残骸もそのままで、盗賊だけが姿を消している。

「…………？」

これってどういうことだ……？

よくわからないけど盗賊がいなくなってるってことは、俺が盗賊を撃退したんだよな⁉

やっぱ俺、能力者なんだ⁉

「アカヤ様」

興奮する俺に、ジェシーが近寄ってきて声をかけた。

「あの……嬉しかったですわ。わたくしのこと……『可愛い』って」

伏し目がちに言ったジェシーは、赤い頬を両手で押さえた。そして、自分の胸の方をそっと見る。

「……伸びしろ、頑張って育てますわね。今回も助けてくださって、ありがとうございました。心から感謝いたしますわ……」

ジェシーのことを「可愛い」と言ったかどうかはよく覚えていないが、機嫌を直してくれたようでよかった。

「いいっていいって」

そんなことよりも、気になって仕方ないことがある。

「で、俺のスキルを教えてくれよ！　俺、どんな能力を使った⁉」

すると、ジェシーは「うっ」と言葉に詰まった。

「……おかしいですわ……何のスキルも見えませんでしたわよ……確かにアカヤ様には、なにか力がありますのに……」

何事か呟いているが、小声すぎて俺の耳には届かない。

「もしかして……」

そこでジェシーは、ハッとした顔をする。

「聞いたことがありますわ……。ナニー族の女エルフの中には、強すぎる母性によって庇護対象の身体能力を強化してしまう者がいると……」

「え？　ナニー族がなんだって？」

俺が尋ねると、ジェシーは首を振る。

「いっ、いいえ！　なんでもありませんわ」

そして、再び俺に聞こえない声で付け加えた。

「不確かな情報で、アカヤ様を惑わせるわけにはいきませんわ……」

「……？」

どうしたんだ、ジェシーは？

「で、俺のスキルは？」

珍しい能力だからもったいぶっているのか？

ジェシーはしばらく黙っていたが、焦らしに焦らされた俺の期待に満ちた熱視線に負けたらしく、弱りきったように眉根を寄せ、視線をさまよわせて口を開いた。

「……ず……」

ず!?

「……『無敵の赤子王』……ですわ……」

「……な……」

なんだそれ!?　せっかくスキル名がわかったのに、ちっともかっこよくねー！

「……で、それはどんなスキルなんだ？」

俺が尋ねると、ジェシーはススーと目を逸らした。

「わ、わかりませんわ……少々特殊なスキルのようで」

それは、言われなくても名前からなんとなく察せられる。

「あ、ですが……」

そこでジェシーがすかさず言い添える。

「アカヤ様の超人的な身体能力は、このスキルの効果とは別物のようですわ」

「ふうん……？」

じゃあ、俺の身体強化はなんなのだろう。ボスに殴られてもちっとも痛くなかったし、前世の俺とは比べものにならないほど強くなっているのに。

「…………」

まあいいか。考えていてもしょうがない。

とりあえず、スキルがあるということがわかっただけでもよしとしよう。

スキルとこの身体能力があれば、どんな敵にだって立ち向かえる！

異世界英雄譚は俺のものだぞーっ！

†

町へ戻って盗まれた武器を返すと、武器屋の主人は狂喜乱舞の様相で喜んでくれた。

「ありがとうな、ボウズ！　お礼といっちゃなんだが、この中の武器でなんでも好きなのを持っていってくれ！」

「マジっすか⁉」

俺は小躍りして、一本の剣を選んだ。柄と鞘に紋章のようなデザインが刻まれた、盗まれた武器の中で一番かっこいい長剣だ。

「ああ、それは伝説の勇者が持っていたとされる剣だ。うちの目玉商品だったけど、いいよ持ってきな！」

「やったー！」

伝説の勇者⁉　かっこいい！　英雄への道をまた一歩進んだ気がする！

†

そうして、俺たちは改めて旅に出た。

「よかったね、アカちゃん。それに、マミィのお友達がいたお家から悪い人たちを追い出してくれてありがとう」

枯れ草の平原を歩きながら、隣のマミィがそう言った。つぶらな瞳が、俺を見上げてキラキラと輝いている。

「これからも、マミィといろんな場所へ冒険しようね。どこへ行っても、マミィがアカちゃんを守るから」

「マミィ……」

その母性あふれる瞳を見つめていると、また甘えたい気持ちがこみ上げてきてしまう。しかし、ここはぐっとこらえた。俺はロリコンでも変態でもないんだ、気をしっかり保たねば。

「うん。俺、こうしてマミィと二人で世界中を旅して、いつか魔王を倒す。そして、平和な世界を作るよ」

「って、さっそくそのチビッコに籠絡されてますわよ！　わたくしの存在忘れないでくださる!?」

ジェシーがすかさずツッコミを入れ、小さくため息をついた。

「はぁー……わたくしを助けてくださるときは素敵な方なのに……」

そんなジェシーと反対側の隣で、マミィは嬉しそうに微笑んでいる。その瞳には光るものが浮かんでいた。

「アカちゃんがそんなこと言ってくれるなんて、マミィ感激だよぉ……大きくなったねえ！　いい子いい子！」

マミィは背伸びして俺の頭を撫でようとしてくるが、その手は背中のあたりまでしか届かない。

「あなたたち出会ったの昨日でしょう⁉　一日でそんな成長しました⁉」

そんなマミィにジェシーがツッコむ。

二人の半歩前を歩く俺は、意気揚々と手に入れたばかりの剣を振った。

「わっ、すげえ！　剣が軽い！」

立派な長剣なのに、リコーダーみたいなノリで振り回せてしまう。

これなら、いくらでも戦えそうだ。

「どんな敵でもかかってこい！　この勇者の剣のサビにしてやるぜ！」

だが、あまりにも調子に乗って振り回しすぎたせいで、手首をグギッとねじってしまった。

「うわイデッ！」

いくら身体強化されていても、アジト突入前の足首グギッといい、自分のミスによるダメージはモロにくらってしまうようだ。

「大丈夫⁉　アカちゃん！」

その場にしゃがみ込んだ俺を、マミィが膝枕して慰めてくれる。マミィのふとももは子どもながらに女性のやわらかさで、ふかふかして気持ちいい。

「痛いの痛いの、ゴブリンさんのところへ飛んでけ～！」

「ちょっと、こんな野っ原で何やってますの⁉　っていうか友達に痛みを飛ばすのおやめなさいね⁉」

「わっ、間違えた！　盗賊さんへ飛んでけ～！」

「それも人としてどうですの⁉」

「わーん、どうすればいいの～⁉」

わたわたしながらも、マミィは俺を可愛がる。マミィが撫でてくれるたびに、手首から痛みが引いていくようだ。

「すごいな、マミィ……もう治ったよ」

「わたくしが回復魔法かけたからですわっ！　さあ、行きますわよっ！」

そこで俺はハッとして、慌てて起きて立ち上がる。

「ち、違うんだ、ジェシー！　マミィは恩人だから仕方なく！　それに、俺のスキルを発動させるためにも！　スキル名的に、なんか甘えたら強くなれそうだろ⁉　ほら俺、魔王を倒さなきゃならないから！」

「やかましいですわっ！」

　ジェシーはぷりぷり怒っている。

「……そもそも、魔王を倒すとおっしゃいますけど、具体的になにか策はありますの？」

　そう訊かれて、改めて考える。

「えーっと……だから、俺のスキルに磨きをかけてさ……。現に、それで盗賊を撃退できただろ？」

　俺が同意を求めると、ジェシーは困ったように視線を外す。

「え？　え、ええ……そうですわね……」

　そして、美しい顔をキリッと引き締めた。

「そうであっても、スキル一本槍で勝ち続けるのは難しいと思いますわ。確実に魔王を倒すためには、全体的に戦力を強化しませんと」

　正論すぎてぐうの音も出ない。

「じゃあ、ジェシー的には、俺はこれからどうしたらいいと思う？」

「そうですわね……」

ジェシーはウエストポーチから薄くて小さいものを取り出して広げ始めた。

「なんだそれ？」

「この国の地図ですわ」

「おお……！」

それは確かに地図らしきものが描かれた紙だった。中央に横長の大きな陸地があって、四方を海が取り囲んでいる。

「そういえば、この国の名前って？」

「聖シャイアニア王国ですわ」

あの俺様女神とズブズブの関係にあることが、名前がガッツリ入っていることからもうかがえてぞっとする。

「で、魔王はどこに？」

怯えながら尋ねる俺を、ジェシーは地図から目を上げてちらと見た。

「わかりませんわ。……この大陸には存在しないということしか」

「えっ!?　マジで!?」

衝撃の事実に驚く。それだと確かにジェシーの言う通り、サクサク乗り込んでちゃちゃっと倒す、なんてわけにはいかなそうだ。

「魔王がいないのに、この辺りにもモンスターが出るんだ？」

「それは魔王が勢力範囲を拡げているからですわ。数十年前までは、この地にモンスターはおりませんでした。一説によれば、モンスターは北方の海からやってくるとか」

「一説って……それじゃ、果たして本当に魔王が存在するのかもわからなくないか？」

「いいえ。魔王の存在は、世界の創造主たる女神様のご神託によって告げられていますから。この大陸には女神様の神殿があるため、悪しきものから長く守られていたのですが、とうとうそれをも乗り越えるほど、魔王が力を増してきたということです」

「じゃ、じゃあ、この大陸を出たら、世界中どこも魔物がわんさか……ってことか？」

「可能性はありますわね。我が国で知ることができる世界情勢は、交易している大国いくつかから得られるもののみですし」

「そうなのか……」

地図から目を上げて遠くを眺めてみるが、どちらが北かもわからない。

そんな俺を、ジェシーが感心したように見つめる。

「アカヤ様は、本当に転生者でいらっしゃいますのね……」

「ん？　いや、そうだけど」

疑われていたのかと一瞬身構えてしまったが（前世での経験のせいだろう）、ジェシーが今言った話は、この大陸にいる人間なら転生者でもない限りみんな知ってるレベルの常識ってことなのだろう。

そこで、さっきから黙っているマミィが気になって横を見る。

「……なにやってんだ？　マミィ」

マミィはしゃがみこんで、木の枝で地面になにか文字のようなものを熱心に書いていた。

よく見てみると、右上に馴染（なじ）み深いひらがなの「あ」、その下には「いうえお」、その横には「かさたな」「きしちに」「くすつぬ」……と並んでいた。

「ご、五十音表？」

俺の言葉に、マミィが顔を上げる。

「アカちゃんは昨日生まれたばかりだから、文字を教えてあげないとね。地図やご本が一人で読めるようになったら、アカちゃんはきっと魔王を倒せるよ」

そう言って、にっこり微笑む。それはたいそう可愛（かわい）いんだけど……。

「いや俺、字読めるし！」

ひらがなもカタカナも漢字も、一通り読めるから！

っていうか、この世界の言語って日本語でいいのか⁉　異世界なんだろ⁉　そのへんどうなってんの⁉

「え⁉　アカちゃん、字読めるの⁉」

マミィは目ん玉が飛び出そうなほどびっくりしている。

「すごいねえ、えらいねぇ……賢いねぇ〜！」

マミィの瞳はダイヤモンドのように輝いていて、俺は恥ずかしくなって目を逸らす。

「いや、やめろって」

「やめないよ！　アカちゃんは賢い！　将来は『がくしゃ』さんになれるよ！」

「よせってば」

「天才だよぉ〜アカちゃん！」

「この歳で読み書きできるくらい普通だろ」

はしゃぐマミィと照れる俺を見て、ジト目のジェシーが遠巻きにつぶやく。

「本当に、まったくもって普通ですわね……」

「で、ジェシー」

ようやくマミィのハメ技のようなほめ殺しループから逃れた俺は、地図を手に佇むジェシーを振り返った。

でも、手放しでほめられるって悪くないな。単純なほめ言葉なのに、なんとなく頬がゆるんでしまう。世の中のお母さんは、もっとお子さんをほめてあげてほしい。

「魔王を倒すために、俺はこれからどうしたらいいかな？」

自分の進むべき道がなにもわかっていないことを露呈してしまった質問なのに、ほめられた自信のせいかキリッとしてしまった。でも、俺はこの世界では右も左もわからない新参者なので仕方ない。ここはジェシーが頼りだ。

「ええ……」

俺に答えて、ジェシーは真顔で地図に向き合う。

「まずは地道なレベルアップを目標に考えると、この近くにある『冒険者の塔』に向かうことをオススメしますわ」

「冒険者の塔？　なんだそれ」

「ビギナー冒険者に向けた、レベル上げのためのダンジョンですわ」

「ってことは、モンスターが出るんだ？」

俺の問いに、ジェシーは頷く。

「ええ。でも、塔にいるのは魔王の配下の魔物ではなく、ゴブリンやダークエルフといった由緒正しい土着のモンスターですのよ」

「え？　ゴブリンはモンスターなのか？」

さっきの「ゴブリンさん」を思い出す。見た目は不気味だけど、普通に話の通じる人（？）

だと思ったんだけど……。

「ゴブリンにも色々な種族がおりますのよ。その中には、人間たちに悪さをするものもいますわ。ゴブリンが人に呪いをかけるという話も、けっして嘘ではありませんのよ」

ジェシーの説明を引き継ぐように、マミィが言う。

「マミィのお友達のゴブリンさんは、悪さをしないゴブリンさんだけど」

「ゴブリン全体で見れば、そちらの方が少数派と言えますわね」

「ふーん……」

ということは、塔にいるのは、俺が前世で馴染みのあったゴブリンに近い存在ってことか。

「とにかく、その塔にいるゴブリンとかは、魔王のモンスターより弱いってことなのか？」

「それもありますし、より邪悪でないから、安全に倒せるということですわ。人に害なす瘴気も放ちませんし」

「なるほど」

確かに初心者向きだ。

「それなら、冒険者の塔へ行くか！」

そうして俺たちは、次なる目標を冒険者の塔攻略に定めたのだった。

だが。

「ここが冒険者の塔かー！」

休憩をとったりマミィに甘やかされたりしながら歩くこと数時間、ようやく目の前に現れた、傾いていないピサの斜塔のような建物に入ると、入り口付近で最初に出くわしたモンスターに、俺は不意打ちで襲われた。

コウモリとトカゲの子孫のようなそいつは、俺を見るなり飛びかかってきて、人をサンドバッグのように殴ってきたかと思うと、たまらず倒れた俺の背中をうどん打ち名人のごとくむちゃくちゃに踏んできた。

そのあと俺がワンパンしたら勢いよく吹っ飛んでいき、追い討ちをかけるようにマミィが消し炭にしたけれども、やられてしまったことに変わりはない。

不意打ちなんて、魔物のくせに卑怯なことをしてくれる……あ、魔物だからか。

「ぐえ……し、死ぬ……」

ほんとに初級者向けの塔なのか？　だとしたらヤバくない？　初手から奇襲とか、初見殺しにもほどがある。

そんなことを思いながら、床に横たわった俺は、負傷した腹や背中をさすってもがき苦しんだ。

「アカちゃん！　マミィはここにいるよ！　死ぬときは一緒（いっしょ）だからね⁉」

　マミィが俺の手を取り、涙（なみだ）を浮（う）かべて見つめてくる。

「マミィ……」

　俺、死ぬのか？　死ぬくらいなら、もっとマミィに甘えていいよな……？

「しっかりして、アカちゃん！　おっぱい、する⁉」

　涙目のマミィが、自分の胸元（むなもと）をぐいっと開けて、たわわなものを一つ摑み出そうとする。

「うう、マミィ……」

　朦朧（もうろう）とする意識の中で、導かれるままそこへ手を伸（の）ばそうとした。

「破廉恥（はれんち）はおやめなさいっ！」

　だが、その行為（こうい）はすんでのところでジェシーに阻止（そし）された。

「大丈夫（だいじょうぶ）ですわ、わたくしが回復魔法（まほう）をかけますから」

　そう言ったジェシーが口の中で何か詠唱（えいしょう）すると、横たわる俺の身体（からだ）の上に、金色の光が天からの祝福のように降り注ぐ。

　同時に、ズキズキと痛んでいた上半身から、スッと痛みが引いていった。

「……はぁ、ひどい目にあった……」

「無事でよかったよぉ～アカちゃん」

起き上がった俺にマミィが抱きついてきて、ここぞとばかりに頭をナデナデしてくれる。

その小さな身体も小さな掌も、やわらかくて温かくて、俺の心を癒してくれる。死ななくてよかったと心底思った。

そんな俺たちに、ジェシーが冷ややかな視線を注ぐ。

「あなたたち、どさくさにまぎれて、わたくしの目の前でいかがわしいことをしようとしましたわね？」

俺は目を逸らして聞いてないふりをした。

さっきは死の恐怖でどうかしていた。正気じゃなかったから見逃してほしい。

「そ、そんなことより、先へ進もうぜ」

仕切り直した俺を、ジェシーがじろりと見る。

「『そんなことより』って言ってる時点で、聞いてたの丸わかりですからね？」

どうやら、俺の心の中はすべて見通されているようだ。

「それに『先へ進もう』って、このまま進むつもりですの？」

「えっ？　でも、じゃあどうすれば……？」

「ちょっと、失礼いたしますわ」

そのとき、ジェシーがいきなり俺の胸元に両手で触れてきた。

「なっ……なんだよ⁉」

驚いていると、ジェシーはさらにベタベタと、まるで胸筋の厚さでも確かめるかのように俺の胸を触り、さらに背後に回って背中も触りまくった。

「あっ、ジェシーちゃんがアカちゃんをかわいがってる～！　じゃあマミィもかわいがっちゃお～っ！」

マミィも負けじと俺の身体に触ってくる。

「ナデナデ～、ナデナデ～」

お腹や胸のあたりをナデナデしてくるマミィ。背中はジェシーに触られている。

マハラジャかな？　ちょっと意味はわからないけど、俺はマハラジャになったのかな⁉

美少女二人（幼女含む）にいきなり身体を丹念にマッサージされて状況を把握しかねていたとき、背後のジェシーが唐突に声をあげた。

「ええっ⁉」

「……な、なんだよ？」

「アカヤ様、もしかして……」

そこで俺の前に回り込んできたジェシーは、信じられないような顔で俺を見つめた。

「防具、何もつけてらっしゃいませんの？」

「ぼ、防具……？」

「鎖帷子とか、革の胴着とかのことですわ」

いや、さすがに防具のことは知ってる。ＲＰＧは有名なやつなら一通りやってるし。ここ最近は、人生というＲＰＧに疲れ切っていたせいで、ストーリー性のあるゲームにまで手が回らなくなってたけど。

「防具なんていているか？　マミィだってつけてないよな？」

俺が訊くと、マミィはこくりと頷く。

「ジェシーの回復魔法もあるし、武器さえあれば、とりあえずなんとか……」

「なりませんわ」

俺の考えを、ジェシーが叱るように遮る。

「わたくしのＭＰにも限りがあります。最低限の装備くらい整えておかないと、今のように不意打ちをくらったときに予想外の深手を負ってしまいかねません」

た、確かに……。ジェシーにはいつも正論で黙らされてしまう。

そこで、ジェシーの険しい顔つきが変化した。彼女は不安げに俯き、伏せられた長いまつ毛が頬に影を落とす。こうして見ると、つくづく美少女だな。

「……心配なのですわ。いくらアカヤ様がお強くても……いかなる不測の事態にあってもアカヤ様をお守りできるほど、わたくしは神官として熟達しておりませんし……防具もなしに先に進んで、アカヤ様になにかあったらと思うと……」

そういうことだったのか。ジェシーの思わぬ優(やさ)しさに触れて、男心にグッときてしまう。

「ジェシー……」

「……わかったよ！」

そこで、マミィが決意を秘(ひ)めた声で叫(さけ)んだ。

「どんな『不足の時代』でも、アカちゃんはマミィが守る！　だから防具なんて必要ないよ！　それでいいんだよね？」

そう言うマミィに、ジェシーは子どもをなだめるように言う。

「あなたの古代魔法は、アカヤ様に危機が迫(せま)ったときにしか使えませんでしょう？」

「あと、『不測の事態』は『不足の時代』じゃないからな」

それに対して、マミィはブンブンと首を横に振(ふ)った。

「そんなのはマミィのさじ加減だよ！　今がアカちゃんのピンチだと思ったら、いつだってそうなんだから！」

えっ、なにそれこわい……。

俺とジェシーは意味がわからず顔を見合わせたが、マミィは至って大真面目だ。

「だから安心してね、アカちゃん！」

「う、うん、ありがとう……」

なにも解決した気はしないが、一応お礼は言っておく。

「……ともかく、ですわ」

そこでジェシーが仕切り直すように言った。

「とりあえず、ここは一旦塔を出て、態勢を整え直した方がいいと思いますわ。いずれにせよ防具は必要だと思いますし」

「そうだな……なんかまだ具合悪いし、とりあえず出るか」

俺は頷きつつ、胃のあたりを押さえる。モンスターにやられた直後から、ほのかに感じていた不調だった。

塔の外に出て外気を吸っても、気分は一向に良くならない。

「うぇ……やばい吐きそう……モンスターにやられたせいか？」

地べたに座って足を投げ出し、ぜえぜえと天を仰ぐ。

「アカちゃん、大丈夫？」

マミィが傍に来て、背中をナデナデしてくれた。

「おかしいですわね。わたくしはちゃんと、怪我の回復はいたしましたわ。内臓を傷めているなんてことはないはず……」

ジェシーは不思議そうな顔をしている。

「じゃあ、風邪かなんかなのかな……？　さっきまでなんともなかったのに、急に頭も痛くなってきたし……」

それを聞いたジェシーの表情が曇った。

「……その症状は、モンスターの瘴気の影響に似てますわ」

俺は「えっ？」と彼女を見つめる。

「話が違くないか？　ここにいるモンスターは瘴気とか出さないから安全に倒せるって……」

「……そういえば、おかしいと思いましたの。あのモンスターは邪悪な目つきをしておりましたし……」

「おーい、あんたら」

そのとき、遠くの方から何者かに声をかけられた。見ると、背中に大きな荷物を背負った、商人のようなかっこうをした男たち数人が俺たちの方を見ている。

男たちは、こちらに近づいてきて言った。

「あんたら、冒険者か？　でも、今この塔に入るのはやめた方がいい」

「えっ、なんでですか？」

「少し前から塔の最上階に魔王の手下が住み着いて、塔の中が悪いモンスターだらけになってるって話だよ。とても初級冒険者の手には負えないって」

俺たちは顔を見合わせた。

「あんたら若いし軽装だし、知らずに入ったら大変だと思って」

「それは……ご親切にありがとうございます」

ジェシーが礼を言うと、人の良さそうな男たちは安心した顔で去っていった。

「そういうわけだったのか……」

「納得がいきましたわね」

ひとまず俺たちは塔を離れることにした。

日暮れも近いということで、その日は街道沿いの小さな集落の近くで野宿をした。

俺の体調はなかなか良くならず、マミィの膝枕でうんうん言いながら、夜を明かした。

†

そして次の日。

体調は回復したが、状況は変わっていなかった。

「で、これからどうしたらいいんだ……」

朝食の果物を食べながら、俺は弱りきってジェシーを見る。

「防具を手に入れましょう。話はそれからですわ」

「そうだよな……」

でも俺お金ないしな……と悩んでいると、そんな俺の心を読んだ顔でジェシーが口を開いた。

「わたくしがお支払いしてもよいのですけど……」

そう言うと、困ったように視線を逸らす。

「でも、たぶん足りないと思いますわ。短期の修行のつもりでしたから、それほどの大金は持っておりませんし」

それはわかる。お金持ちとはいえ、修行中なんだから当然だろう。

「アカヤ様の武器一つくらいのお代ならなんとかできましたが、アカヤ様とちびっ子の全身の防具代となると、わたくしの今の手持ちで賄えるとは思えませんわ。これからの旅のことを考えると、少し良いものを買っておきたいですし」

この世界の物価はよくわからないけど、命を守る道具だけあって、防具は武器より高いみたいだ。

「申し訳ありませんわ、アカヤ様」

「いや、大丈夫だよ、ジェシー。ありがとう」

資金源までジェシーに頼っていたら情けなさすぎるもんな。

「とはいえ、どうしよう……」

考え込んでいると、ジェシーが明るい声で提案する。

「モンスターを倒して稼ぐのはいかがですの？　レベル上げにもなりますわ」

「モンスター……を倒すと、お金がもらえるのか？」

戸惑う俺に、ジェシーは頷いた。

「ええ。町やお城は、それぞれモンスター討伐の依頼を出しておりますの。だから、倒したモンスターを持っていけば、その戦果に見合った褒賞金をいただけますわ」

なるほど。当たり前だけど、ゲームみたいにモンスターを倒すとチャリーンとお金が入るシステムではないんだな。

「モンスターの死体を持ってくってことか……ちょっとキモいな」

「その分、いいお金がいただけますわ」

　まあ、そうじゃなきゃ誰(だれ)もやらないよな。

　そうして、俺たちは塔の外でモンスターを探すことになった。

「でも、野良(のら)のモンスターは魔王の配下なんだろ？　昨日のみたいに瘴気に当てられたりすることはないのか？」

　モンスターを探して歩きながら、不安に思ったことを口にする。

「大丈夫だよ！」

　それに答えたのは、ジェシーではなくマミィだった。

「マミィがアカちゃんを守るから！　マミィがいる限り、これからはもう昨日みたいなことにはならないよ」

　その瞳(ひとみ)には強い決意がみなぎっている。

「ありがとうな、マミィ」

　とはいえ、魔王討伐を目指す者としては、少なくともマミィくらいは俺が守らなければなと思う。

「でも俺、頑張(がんば)るよ」

　そう宣言した俺を援護(えんご)するように、ジェシーが言う。

「一般的に、フィールドにいるモンスターは、森の中にいるものほど強くありませんわ。モンスターの根城は森ですから」

それを聞いて、少しほっとした。昨日の朝、森で出くわしたようなやつがいきなり出てきたら、すんなり倒せる自信がない。

「っていうか、フィールドって全然モンスターいなくないか？」

「それは、今まで街道を通ってきたからですわ。モンスターを探すなら、道を外れますわよ」

ジェシーはそう言って、大きく道を逸れた。

今までの、未舗装ながら人や家畜に踏みしめられてなんとなく道らしくなっていた場所と違って、下草が膝くらいまで伸びた平原を行くことしばらく。

「……いましたわ、モンスター」

ジェシーが低い声で囁いた。ほぼ同時に、俺の目も対象を捉える。

それは猿くらいの大きさの生き物だった。素早い身のこなしは本当に猿のようだが、その目は魔物にふさわしい凶悪さだ。

「よし、こい……！」

俺は腰に差していた剣を抜いて、竹刀をかまえるように両手で立てて持った。

魔物がどんどんこちらへ近づいてくる。緊迫の一瞬だ。

そのとき。

「滅ーっ！」


後ろからマミィの声がして、魔物の上に火柱が上がった。

「えーっ!?」

振り返ると、マミィは誇らしげな顔で俺を見ている。

「ね？　マミィのさじ加減でしょ？」

「…………」

俺もジェシーも、思わず言葉を失った。

「昨日みたいなことになったら大変だもん。これからずっと、アカちゃんのことはマミィが守るからね」

愛らしい目をにっこりと細め、マミィは天使の笑顔でそう言った。

「ありえませんわ……」

ジェシーは愕然とした表情をしている。

「え？　っていうか、消し炭になったモンスターってお金になるの？」

「無理ですわね……。本当にモンスターかどうか確認できませんし」

「うおぉーいっ！」

「ごめんね、アカちゃん……。次は火力調整するね」

「それもできるのかよ！」

その後も何度か魔物を消し炭にし、マミィは絶妙な焼き加減をマスターした。

「……完璧ですわ」

倒された魔物をのぞき込んで、ジェシーが感服の表情で呟く。

「完全に息の根を止めつつも、元の姿がわかる程度のミディアムレア……」

「グロい！　やめて！」

前世で都会の営業社畜だった俺には刺激が強すぎる。

「アカちゃん、マミィ頑張ったよ！」

マミィが満面の笑みで俺に近づいてくる。

「ああ、すごいな……」

マミィは大きな目をキラキラさせ、口角を上げて俺を見つめている。

「ん？」

俺が尋ねると、マミィは眉を八の字にして、唇を尖らせて上目遣いにこちらを見る。

「……アカちゃん、ママだって、たまにはほめられたいときもあるんだよ？　可愛い赤ちゃんのために、いつも頑張ってるんだから」

「ああ」

そういうことか。

「……よくやったな。すごいよ、マミィ」

「えへへ」

俺のぎこちないほめ言葉に、マミィはにへらぁと笑った。

そして俺の手を取り、自分のほっぺたに当ててスリスリする。

「お、おお……？」

なんだこれ……可愛いぞ？

こうして見ると、マミィもほめられて嬉しがっている年相応の女の子だ。

俺に（セルフで）撫でられて満足したらしいマミィは、俺の手を離して満面の笑みを浮かべた。

「えへへ。アカちゃん、ママをいい子いい子できてえらいね～！」

なんだそれ、そんなほめ言葉聞いたことないぞ……とは思いつつ、ほめられるのってやっぱり悪くないんだよな。

「そんないい子のアカちゃんは、マミィがいい子いい子してあげなきゃね」

そう言うと、マミィは背伸びして俺の顔を撫でようと手を伸ばし、届かなくて首のあたりをこちょこちょしてくる。

「はは、やめろって」

「いい子いい子～」

そして、急に大声を上げる。

「あー！　またマミィもほめられたくなってきちゃったなぁ～」

「無限ループおやめなさい！　一生続きますわよ！」

今まで傍観していたジェシーがツッコみ、マミィ劇場は一段落した。

「……そろそろ町へ向かった方がいいかもしれませんわね」

そこで、ジェシーが空を見上げながら言う。

いつのまにか、太陽は空のてっぺんより下に傾いていた。

「ここから一番近い町まで数時間歩きますわ。とりあえず街道へ戻りましょう」

とりあえずゲットできたモンスター一体をジェシーが持っていた麻袋に詰め、俺たちは町へ向かった。

「ジェシー、それ持つよ」

歩き出してからしばらくして、ジェシーが肩から提げているモンスター入りの麻袋に気づいた。気が利く男なら歩き出す前に持ってあげたのだろうけど、俺にしては気づいただけでも上出来だと思う。

「えっ……？」

ジェシーは俺を振り返り、驚いたような顔をする。彼女は地図を見ているので、前を先導していたのだ。

「そんなに重いものではありませんけど……」

「いいよ。貸して」

俺はほとんど手ぶらなのに、年下の女の子（今の見た目は同学年くらいだけど）に荷物を持たせていることに気づいてしまったら、そのままにはしておけない。

受け取った麻袋は、スニーカー一足分くらいの重みだった。中身が死んだモンスターだと思うとちょっと気味悪いので、考えないことにする。

「ありがとうございます……」

ジェシーは頬を紅潮させて、口元に微笑を浮かべた。少し細められた瞳は潤んでいるように見えて、思わず心拍数が上がってしまうような美少女ぶりだ。

「おう、任せろ。俺は、やるぜ」

　ドキドキしてよくわからないことを口走る俺に、ジェシーは一転して不安げな表情を見せる。

「でも……お気をつけくださいね？」

「大丈夫だよ、これくらい。俺だって男だし」

「いえ、そうではなくて……」

　ジェシーがうかがっていたのは、俺の後ろにいるマミィの様子だった。今は街道へ出るために腰丈ほどもある草地を歩いているので、一列になっているのだ。

「あのちびっ子のことですわ」

「マミィ？」

　そこでジェシーは再び背後を振り返り、マミィがなにも言ってこないのを見ると、もう一段声を落として俺に囁いた。

「あのちびっ子、ナニー族の中でも母性がとびきり強い方かもしれませんわ」

　うん、それはなんとなく感じている。

「母性を源に魔法を使うナニー族ですから、母性が強いということはＭＰが無尽蔵にあるようなもの。それに、強すぎる力は、周りにも影響を及ぼします。アカヤ様のお力だって……」

「ジェシーちゃん！」

　そのとき、背後からマミィの声が飛んできた。

「アカちゃんとなに話してるの～？　マミィも混ぜて！　一緒にアカちゃんをかわいがりたいよぉ～！」

　マミィはうらやましそうな顔でこちらを見ている。

「かっ、かわいがってなんか、いませんわっ！」

　よほど俺を「かわいがる」ことに抵抗があるのか、そう叫んだジェシーは顔を赤くしている。

「え？　アカちゃんに『ヨシヨシ』してたんじゃないの？」

「すっ、するわけありませんでしょうっ!?　そ、そんな、そんなことっ！」

　ジェシーは真っ赤な顔で、とんでもないというように答える。

「………」

　そこで、マミィは笑顔を引っ込めた。なぜか難しい顔になって考え込んだあと、なにか閃いたように口を開く。

「……そっか。ジェシーちゃんって、もしかして……」

そう言いながら、マミィがジェシーに歩み寄った。

「なっ、なんですの⁉」

急激に距離を詰められて、ジェシーが戸惑いながら後ずさった、そのとき。

マミィはジェシーの手を取った。

「え……」

戸惑うジェシーに、マミィは驚きの言葉をかけた。

「マミィがアカちゃんばっかりかわいがるから、さびしかったの？　ジェシーちゃんもヨシヨシして欲しい？」

「えっ？」

俺とジェシーの目が点になる。

その隙に、マミィはジェシーの頭を撫でる。俺より背が低いジェシーには、マミィでも背伸びすればなんとか頭に指先が届く。

「よしよし、ジェシーちゃんもいい子いい子～」

「ちょっ、なんですのっ⁉」

「気づいてあげられなくてごめんね。マミィはアカちゃんのママだけど、これからはジェシーちゃんのこともたまにはヨシヨシしてあげるからね」

「おやめなさいっ！　わたくしはけっこうですわーっ！」

顔を真っ赤にして叫ぶジェシーは、けれども、言葉ほど嫌がっているそぶりはない。

だから、俺は見守ることにした。

「アカヤ様、お止めくださいっ！」

恥ずかしさに顔を火照らすジェシーは、なんだか幼く見えてかわいい。

「わたくしを子ども扱いしないで――っ！」

「ジェシーちゃん、よしよし～」

おそるべし、マミィ。

改めて、そう思った。

「……あれ？　そういえばさっきジェシー、なにを言いかけてたんだろう？　俺の力がどうとか……」

けれども、マミィのヨシヨシから逃げ続けるジェシーに今、それを尋ねることはできなかった。

そんなこんなで歩き続け、俺たちはなんとか日が沈みきるまでに町にたどり着くことがで

きた。

○月 ×日

今日はなんと、アカちゃんがとうぞくに立ち向かったの！
たっちできるだけでもえらいのに、すごいことだよね！

とうぞくさんたちはみんな大きくて強そうだったけど、
アカちゃんは勇気を出してがんばったんだよ。

だからマミィ、アカちゃんをいっぱいほめてあげたんだ！
アカちゃんもマミィにいっぱいあまえてくれて、
とってもかわいかったよ♥

でも、まだおっぱいはしてくれないみたい……
アカちゃんってば、ちょっぴりお兄さんだから
照れてるのかな？

そんなアカちゃんもかわいいよ♥

第３章　イカサマゲーム～勇敢なロリの歌～

夕暮れが始まった頃、俺たちがたどり着いたのは、活気のある町だった。外側に城壁のような壁が築かれていて、入り口に見張り塔のようなものもある。「黒いイナズマ」に襲われた武器屋のある町より、だいぶ規模の大きな町であることが外からもうかがえた。

「ここは『ベガスタウン』……カジノで栄えている町ですわ」

「へえ、カジノか！」

ジェシーの説明にＲＰＧプレイヤー魂を揺さぶられるが、俺たちがまず向かったのは、町の入り口にある「ハンターボックス」と呼ばれる施設だった。そこで、倒したモンスターと褒賞金を引き換えてくれるらしい。

「ごめんくださいませ」

ジェシーが先頭になって、木の扉を開けて入った。

そこは想像していたより狭く、俺たち三人が入ればほぼいっぱいになってしまうくらいの部屋だった。

目の前に木のカウンターがあって、奥から人がやってくる。日本で言えば質屋みたいな造りだ。質屋に行ったことはないが、夕方のニュース番組の特集で見たので間違いない。

「モンスター二体ね」

カウンターにやってきたおじさんは、ジェシーが麻袋から出したモンスターを注意深く調べて言った。

あれから、町の手前で再び街道を逸れて日暮れまでモンスターを探し、出くわした一匹をまたもマミィが瞬殺したのだった。

「……これ、おたくらが倒したの？」

顔を上げたおじさんが、訝しげに俺たち一人一人を見た。俺たちが子どもだから、誰かの戦利品を盗んだのではないかと疑っているのかもしれない。

「はい」

「俺たちがやりました」

ジェシーと俺は、堂々と頷く。

まあ、やったのはマミィなんだけど、それを主張してナニー族であることがバレたら困る。

ちなみに、マミィは町に入る前に再びフードをかぶって、後方でおとなしくしていた。

「すごいね。こんなに綺麗な倒し方、初めて見たよ」

おじさんは疑うのをやめたらしく、素直に感心の声を上げた。

「見かけによらず凄腕なんだな」

モンスターの死体を奥に片付けながら、おじさんは俺を見てほめる。

「へへ……」

本当にやっつけたのが俺なら嬉しいところだけど、違うので微妙にヘコんできた。

俺はなにをやってるんだ……。モンスターは次々とマミィに倒されてしまい、怪我はジェシーに回復してもらい……俺は一体なにができるんだ。こんなことで魔王なんて倒せるのか？

「はいよ。一体二万ルギスで、四万ルギスね」

おじさんは鍵を開けた引き出しから硬貨を四枚取り出し、カウンターに置いて俺たちに突き出した。綺麗なピカピカの十円玉のような、赤銅色の硬貨だった。

「どうも」

それがどれくらいの価値なのかわからないので特に感慨も湧かず、俺は硬貨を手にしてハンターボックスを後にした。

「はぁ……」

外気に触れて大きなため息をつくと、マミィがピューっと俺の前に回り込んでくる。

「どうしたの、アカちゃん、誰かにいじめられた？」

「いや。なんでもないよ」

マミィに魔物を瞬殺されて活躍できないのが辛い、なんて我ながら恥ずかしすぎる。

「……じゃあ、このお金で防具でも買いに行くか」

沈んだ気持ちを立て直すように言うと、ジェシーが「えっと……」と言いづらそうに俺を見た。

「それには、まだだいぶ足りないと思いますわ」

「マジ？」

「今夜の宿代としてなら、充分お釣りが来るでしょうけど……」

そんな感じなら、確かに防具は厳しそうだ。

「明日またモンスター狩りに向かいましょう。この調子で何日か続けたら、立派な防具が買えると思いますわ」

「……そうだ」

そのとき、俺はひらめいた。

「このお金、カジノで増やそうぜ」

そうすれば、今夜一晩で防具が買えるじゃないか！

ここまで見せ場らしい見せ場を作れていない俺だけど、カジノならツキだけでなんとかなるはずだ。

そして、俺にはそのツキを呼ぶ力がある。だって、俺は転生者だから！

だいたい、一度死んで転生できるのって相当ラッキーじゃないか？　いくらあの女神が強烈なジャイアニズムを発揮したところで、地球で死んだ人間すべてをこっちの世界で生き返らせることは不可能だろう。そんなことをしていたら、こちらの世界がたちまち人口パンデミックになってしまう。

俺は選ばれたんだ。あの日同じく死んだ、何千人か何万人かの中から。

その自信が、俺を強気にしていた。

「ええっ……!?」

ジェシーは戸惑っているが、勢いづいた俺は、マミィとジェシーを連れてカジノを探して歩き出した。

人の流れが多い方を目指して、歩くことしばらく。

目的のカジノは、町の中心地にそびえたつ石造りの王宮のような建物の中にあった。柱が何本も立っている出入り口を通って、奥へ進んでいく。

広いエントランスから奥の広間のような部屋に向かうと、どうやらそこがカジノのようだった。

「わぁ～人がいっぱいいるね～！」

マミィは驚嘆した顔で辺りを見回している。

俺が映画や漫画で見たことのあるカジノとは少し様子が違って、スロットなどの機械類は見当たらない。代わりにビリヤード台のような広めのテーブルが一定間隔で並び、人々はそれを囲んでルーレットやカードゲームに興じているのだった。

「よし、やるぞ！」

俺は硬貨を握りしめ、意気揚々と人だかりの方へ歩き出した。

十数分後。

「ウソだろ……」

テーブルの上で没収されていく最後のチップを見つめ、俺は呆然と呟いた。

「あんなにあったのに……」

硬貨一枚でチップを山のようにもらえ、これで一攫千金間違いなしだと思っていたのに。

何回かルーレットに挑戦しただけで、たちまち無一文になってしまった。

「……まあ、カジノは俺のフィールドじゃなかったんだな……」

　負け惜しみを言ってなんとか自尊心を保とうとしていたとき、近くのテーブルでどっと歓声が上がった。

「……なんだ？」

　人と人との隙間からのぞきこんでみて、驚愕した。

「マミィ⁉」

　テーブルの前で、マミィがディーラーから大量のチップをもらっている。高く積み上がったチップの山は、一つ、二つ、三つ、四つ……一目で数えられないほどだ。

「す、すごいじゃないですの、ちびっ子！」

　さすがのジェシーも興奮している。

「えへへ、お金貸してくれてありがとうね、ジェシーちゃん」

　マミィは注目を浴びて照れ臭そうに笑っている。

「アカちゃんにいいところ見せたくて……。ちょっと頑張っちゃった」

「ちょっとどころじゃないですわ！　わたくしがお貸ししたのなんて、たったの十ルギスですわよ⁉」

　そこで、マミィと目が合った。俺が見ていることに気づくと、マミィはチップをかき集めて、自分のスカートを広げた上に載せて走ってくる。

「アカちゃん、はいっ！」

きらきら輝くような笑顔で、マミィはそのすべてを渡してきた。

「え……」

「アカちゃん、お金が欲しかったんでしょ？　マミィが増やしてあげたよ～！」

「あ、ああ……」

表情筋が固まってしまい、うまく笑顔が作れない。

「ありがとう……」

「ふふっ、どういたしまして」

マミィは俺の礼を素直に受け取り、くすぐったそうに笑う。

「アカちゃんが欲しいものは、マミィがなんでも持ってきてあげるからね。モンスターも倒してあげるし、お金も増やしてあげるよ」

「う、嬉しいよ……」

「えへっ、マミィもうれしいよ！」

顔を引きつらせる俺に対して、マミィは屈託なく笑う。

「マミィの喜びは、アカちゃんが喜んでくれることなの。アカちゃんのうれしい顔を見るためなら、マミィはいくらでも頑張れるんだよ！」

「うう……ありが……」

しかし、そのあたりが限界だった。

「ちが――――う！」

突然叫び出した俺に、マミィのみならず周囲から驚きの視線が注がれる。

「違うんだ、マミィ。俺は自分の力でお金を増やしたかったんだよ」

ダサいのはわかってる。でも、言わずにいられなかった。

「俺、魔王を倒すなんて言ってるくせに、そのへんのモンスターも倒せてないし、せめてカジノで一儲けしてみんなの役に立ちたかったんだよ。だから、目的はお金じゃなくて……」

もちろん最終的にはお金なんだけど、こんなふうにお金だけもらうのは違う気がする。

「そっか、ごめんね」

マミィは物分かりよく頷いた。そして、落ち込む俺に微笑みかける。

「アカちゃんは、自分の気持ちが言えてえらいね。とってもいい子だよ」

「マミィ……」

せっかく俺のために頑張ってくれたのに申し訳なかったな……と自分のわがままを反省

していると、マミィは俺の手を取り、チップを数枚載せた。

「これで、もう一度やってきてごらん？　アカちゃんはいい子だもん、きっと女神様も見てててくれてるよ」

「え……」

優しい声色に、思わずじんとしてしまう。

「ありがとう……！」

そこでチップを握りしめ、俺はルーレットのテーブルに向かった。

すると……。

「おおっ！」

ハイ・ローの賭けで、見事に連続的中した。配当はそう多くはないが、勝ちは勝ちだ。

「いい感じだぞ、運が向いてきた……！」

「やったね、アカちゃん！」

「すごいですわ、アカヤ様」

ついてきたマミィとジェシーも応援してくれる。

「次も全額だ！」

そうして意気揚々と稼いだチップを取り、俺は再びルーレット台に向き合った。

「いいよ～アカちゃん！　今度はストレートアップだよっ！」

マミィが、配当の倍率が一番高い賭け方を提案してくる。ルーレット内の0から36までの数字の中で、ボールが止まるたった一つの番号をズバリ当てなければならないやつだ。

「そうだな！」

勢いに乗る俺は、言われた通りストレートアップで賭けることにした。

「これにしよう」

俺は「0」の数字のコーナーにチップを全額置いた。

なぜなら、俺は「0」だ。でも、ここから始める。

俺はゼロから勝利して、百にも千にもなれる男だ。そのはずなんだ。

だから俺は、この数字にかけるッ……！

「ノーモアベット」

ディーラーが賭けを締め切り、ボールが動き始めた。

軽快に転がりだしたボールは、何周も回り続けるうちに少しずつ速度をゆるめ……ついに止まりかける。

「行けっ！　行けーッ……！」

おそらくこれが最後の一周だろう。

ボールは「0」の手前で大幅に減速し、そして……。

「ああ～っ……！」

三つ手前の36から動かなくなった。

と思ったのだが。

「あれっ……？」

俺の気迫が凄かったのか、テーブルの周りにはずらっとギャラリーが取り囲んでいた。

その彼らが、一斉に我が目をこすり出した。

というのも、一度止まったと思ったボールが再び動き出し、まるで自らの意思を持つ個体のようにコロッ、コロッといじらしくスロットに飛び込み……なんと、三つ先の「0」で、何事もなかったかのように停止したのだ。

「う……うそだろ……⁉」

信じられない。こんなことがあるなんて。

だって、ボールは一度確実に止まったのに。

「……イ、イカサマだ！」

誰かが叫んだが、ディーラーも目を凝らして驚いた顔をしている。

そのとき、隣のマミィが額の汗を拭っている様子が目に入った。

「ふぅ～っ……」

大きくため息をついたその顔は、なにかをやり遂げた充実感に満ちている。

「ま、まさか……」

マミィか？　マミィがやったのか？　普通そんなことできる？　できるんなら言っといて！

「無理ですわ……通常カジノの周囲は魔吸収の効果がある黒水晶でぐるっと囲われていて、カジノ内でMPを使用することはできませんもの」

俺と同じタイミングでマミィを見たジェシーが、そう言ってから、はっとした表情になった。

「もしや……魔法にMPを使用しないナニー族なら、可能ですの……？」

なんだそれ！　ナニー族めっちゃチートじゃん！　異世界転生者なんて目じゃねーじゃん！　マジで自信なくなるな⁉

っていうか、だとしたらまさか、最初のハイ・ローの連続勝利から全部イカサマだったのか⁉

「やったね！　アカちゃん！」

戸惑う人々の中、マミィだけは純粋に喜んでいて、ディーラーが慌てて配当のチップを用意して俺に渡してくる。

「す、すげえ……」

単純計算で元手の三十六倍だから、チップの枚数がものすごいことになっている。

持ちきれないので早速換金所に行くと、金色の硬貨が何枚ももらえた。

「……これで、俺とマミィの防具を買えるか？」

ジェシーに訊くと、彼女はおずおずと頷く。

「ええ……素材や性能にこだわらなければ、一揃い手に入れられると思いますわ」

しかしそれでいいのか……という疑問も湧いてくるが、マミィは満面の笑みで俺を見つめた。

「すごいね、アカちゃん！　アカちゃんはやっぱり『持ってる』んだね！」

「えっ……」

「時の運も実力のうちだよ。アカちゃんは強い！　魔王を倒して世界征服だね！」

いやそれ俺が新たな魔王になっちゃうじゃんとは思ったが、すっかり自信を失い俺なんて歩く生ゴミだと思っていた心に、マミィの言葉は驚くほど深く染み入った。

「そんなツイてるアカちゃんは、マミィがいっぱいほめてあげないとね」

マミィの慈愛に満ちた瞳が、俺を見つめて潤んでいる。それを見ているうちに、ここが博徒で溢れかえるカジノであるとか、一攫千金の幸運がマミィの魔法によるイカサマだったのではとか、そんなことはどうでもよくなってきた。

「マミィ……！」

気がつくと、俺はマミィの膝枕で寝ていた。カジノの換金所のまん前で。

「あなたたちっ、なにしてますの⁉」

ジェシーの声が、遠い夢の中のように聞こえる。

「正気ですのっ⁉　みんな見てますわよっ⁉」

ああ、なにもかもどうでもいい……俺は今、とても満ち足りている。

マミィが俺の頰を撫で、顔を抱き込むようにぎゅっとしてくれる。

「アカちゃん、いい子いい子～」

「……！」

そのとき、気づいてしまった。

マミィはまだ子どもで身長が低いので、胴も短い。それで膝枕して、彼女が俺の顔を抱くとどうなるか……マミィの胸の豊かな膨らみが、俺の顔面にポヨンと惜しげもなく載る。

温熱アイマスクだ！　最高級のめぐ●ズムだ！

人肌の、天然のあたたかなマッサージャーが、俺の疲労した眼球を優しく包み込んであたためてくれる。パソコンもスマホも、なんなら活字すら見ないここでの生活のどこで疲労したのか知らないけど。

「いい子でしゅね～よしよし」

俺にもしMPがあるなら、絶賛回復中なのは間違いない。

そうして、心身ともに癒やしの極地にいたときだった。

胸元にピシャッと冷たいものがかかって、目を開けてマミィの胸の陰から顔を出すと、聖水の瓶を持ったジェシーが仁王立ちしていた。

「あなたたち、いい加減になさいっ！」

そこで俺は我に返った。

「ちっ、違うんだ！　積年の社畜時代の電気泥棒による眼精疲労が、最高級めぐり●ムじゃないと回復できなくて！」

「意味不明ですわ！　また錯乱してますわね!?」

ジェシーだけでなく、カジノ客の冷ややかな視線も感じて辛い。

「……じゃっ、じゃあ体調も良くなったし行くか！」

誰にともなく大声で言って、具合が悪かった人を装い（もう手遅れの感はあるが）俺は人々の好奇の目から逃れるようにその場を去った。

「…………」

だが、歩く先々で人の注目が集まっている気がして肩身がせまい。ジェシーからもジト目で見られている気がする。

「アカちゃん、まだルーレットやる？　マミィ、また応援するよ！」

「いや、もういいよ……またイカサマされても困るし」

善意の塊のような顔をしているマミィに聞こえないよう最後は小声で答えて、そそくさとカジノを退散しようとしていたときだった。

「レディースアンドジェントルマン！　イッツアショータイム！」

陽気な男の声がして、人々の視線が一斉に奥へ向く。

そこで初めて気づいたのだが、長方形のフロアの換金所と対角線側の壁沿いに、小さなステージが設置されていた。人混みで男の姿はよく見えないが、声はその辺りから聞こえている。

「ショータイムって、なんだ？」

「さあ……わかりませんわ」

少し気になったのでステージの方を通って帰ろうとしていると、ステージの上に人影が現れた。

それは、上半身にすけすけのベールをまとった、セクシーな衣装に身を包んだお姉さんだった。

「おお……！」

どうやら、始まったのは踊り子のショーのようだ。踊り子は全部で五人、みな同じ衣装を着て、流れてきた音楽に合わせて腰をくねらせている。

だが、俺が注目するのは、最初に登場したお姉さんだ。

センターで踊る彼女は、圧倒的なナイスバディの持ち主だった。はちきれんばかりに布を押し上げる巨乳は、まだまだ成長の余地を感じさせるマミィのものと違って、成熟した女の色気を感じさせる。

ボディだけでなく、顔もいい。魅惑的な大きな目は目尻にかけて少し垂れていて、ゆるいウェーブのかかったロングヘアや左目の泣きぼくろの印象と相まって非常にセクシーだ。

全体的に見て、好みのタイプどストレートだった。

そう、俺は清純派アイドルより断然グラビアアイドル派だ。大人のお姉さんが好きなのだ、本来の俺は。けっしてロリコンではないし、赤ちゃんプレイにも興味はない！

大人のお姉さんといっても、その踊り子の女性はせいぜい二十歳そこそこだろう。アラサー社畜の今田赤哉的には年下の女子大生くらいの感覚だが、今の俺的にはお姉さんで間違いない。

俺が足を止めたので、前を歩いていたジェシーが振り返った。

「……どうなさいましたの、アカヤ様？」

「いや、えーっと……」

彼女の訝しげな視線を気にしながら、俺は慎重に答えた。

「あの踊り、異世界から来た俺には珍しくてさ。ちょっと見ていかないか？」

言い訳だけではなくて、確かに踊り子たちの踊りは俺が初めて目にするものだった。しなやかな手の動きは日本舞踊のようにたおやかだが、腰はベリーダンスのように激しくくねらせるのが扇情的で、品があるのに色っぽいという、まさにカジノにうってつけのダンスだと思う。……と、初めてカジノに来た俺が申しております。

そこで、音楽が変わった。オープニングの華やかな曲調と違って、少ししっとりとした聴かせる音楽が流れ始めると、踊り子たちが次々に退場して、ステージにはセンターの踊り子……俺好みのお姉さんだけが残って、ステージを広く使って踊り始めた。どうやら、これは彼女のソロ曲らしい。

「……まだ見ていきますの？」

一区切りついたと歩き出す人もいる中で、ステージに釘付けの俺をジェシーが怪しむように見る。

「も、もうちょっとだけ！」

声が上ずってしまったのは、そのタイミングで踊り子のお姉さんが衣装のベールを取ったからだ。

取ったベールをひらひら翻して使って、彼女は艶やかに踊り続ける。

「うおおっ！」

もはや彼女の上半身は、小さいブラジャーみたいな衣装一枚のみだ。こんもりと露わになった谷間が、彼女の動きに合わせてぷるんぷるん揺れている。

「………………」

ジェシーはもう俺の真の目的に気づいている気がする。横から軽蔑の視線を感じる。

でもいい！　最高だ！　ここを一歩も動きたくない！

むしろもっと近づきたい……とステージに歩み寄ったときだった。

「そこのお兄さん」

ステージの上にいる踊り子のお姉さんが、俺に向かって手招きする。

だけだ。

「え？」

勘違いではないかと前後左右を見回したが、近くで「お兄さん」と呼ばれそうな客は俺
「え？　ええーっと……」

彼女が手招きを続けるので、俺はステージに上がった。

すると彼女は俺の手を取り、巧みにリードして踊りを続ける。

「うえっ⁉」

戸惑う俺だったが、ペアダンスはワンフレーズであっという間に終了して、最後にお姉
さんは俺の両手を握って微笑みかけた。

「ありがとう」

俺にしか聞こえないくらいの声で囁き、妖艶な微笑からのウィンク。

そして、俺の背中に手を回して一瞬ぎゅっとハグをした。

「⁉」

押しつけられた胸の悪魔的な弾力に、脳みそがパーンとショートした。

「……アカヤ様、今の、なんでしたの⁉」

フラフラと元の場所に戻ると、ジェシーが目くじらを立てている。

「お知り合いですの？　そんなわけないですわよね？」

まさか嫉妬してくれてるのか？　と思うと嬉しい気もする。

「…………」

一方マミィは、ステージの方を見て、口をポカーンと開けていた。

「そっか……そうだったんだね……」

新発見をしたような顔で、なにか呟いている。

「今まで気づかなくてごめんね、アカちゃん！」

「なにがー!?」

意味がわからず焦る俺の視界が、一面ピンクに染まる。

「えっ？」

視界が晴れたとき、そこには目を疑うマミィの姿があった。

マミィは、なぜかブラジャー姿だった。いや、こっちの世界でブラジャーと称するのか知らないけど、年の割にふっくらしたバストを包む白い下着が、衆人環視の下にさらされている。下半身は、かぼちゃパンツのような幼女らしい下着姿だ。

そこでようやく、目の前に舞ったピンク色がマミィのワンピースであることに気づいた。

「アカちゃんは、ああいうセクシーなママに甘えたかったんだね……マミィわかったよ！」

「何が⁉」

「アカちゃんのために、一肌脱ぐから！」

「脱ぐなー！」

ってていうかもう脱いでるし！

「アカちゃーん！」

マミィはこちらに向かって走ってきて、俺にポスッと体当たりする。

「うおっ⁉」

いかん！　これはいかんぞ！

俺の腹あたりで、二つのやわらかいものがふにっと潰れる感触がした。

「アカちゃん、いい子いい子～！」

マミィはそのまま俺から離れず、ぴたっと抱きついている。たぶん、マミィ的には俺を抱きしめて可愛がっているつもりなんだろう。

「なっ、なにやってますのー⁉」

ジェシーが金切り声で叫ぶ。いや、さすがに俺もまずいと思っている。下着姿の幼女と抱き合っている、どう見ても実の兄ではなさそうな男。児童ポルノ禁止法、児童虐待防止法、東京都迷惑防止条例……そんな単語の数々が脳裏をよぎる。

「ちびっ子！」

そのとき、ジェシーが落ちていたピンク色のワンピースを取って、マミィに頭からかぶせた。それで俺もはっと気づいた。

しまった、マミィのエルフ耳！

気づいた人がいたかどうかわからないけど、今、マミィの頭部はまる見えになっていた。

「早く着なさい！　行きますわよっ！」

あらゆる意味でお騒がせしてしまった俺たちは、今度こそ逃げるようにカジノをあとにした。

†

そんなこんなで、夜の街に出て。

マミィが服を着て、俺たちはようやく人心地ついた。

「なんか、どっと疲れたな……」

「それはこちらのセリフですわ……」

いつまでボヤいていても仕方ないので、とりあえず今日の宿を探さねばと歩き出したときだ。

俺たちはカジノの建物に沿って歩いていた。建物の正面から見て、ちょうど真後ろに当たる辺りに裏口らしき出入り口があって、その近くになんと先ほどの踊り子のお姉さんがいるのを見つけた。

彼女は男と一緒だった。彼氏か⁉　と色めき立ったが、よく見ると、男は彼女の父親くらいの年齢で、上流階級のような身なりをしているのも釣り合っていない。

「どうなの、今日は。このあと」

男は、彼女の腰に手を回し、もう片方の手で自分の口ひげをいやらしく撫でながら囁いた。

なぜそんな小声が聞こえたのかというと、二人のただならぬ雰囲気が気になり、近くの物陰に隠れて片目だけ出して耳をそばだてていたからだ。マミィとジェシーも、よくわからない顔をしつつ、俺に従った。

しばらく待っていても女性の声は聞こえない。こちらに背を向けているので表情もわからない。

やがて、男の大きなため息が聞こえてくる。

「困るんだよねぇ、君にはけっこう投資してるんだしさぁ」

　どうやら、男は期待する返答を得られなかったようだ。

「僕はこのカジノの支配人だよ？　お金は腐るほどあるし、君の弟さん妹さんたちに大金を送ってあげることもできるんだけどねぇ？」

　聞いているうちにムカムカしてきた。男の話し方が、俺の前世の上司によく似ていたからだ。上司もよくこうやってネチネチと、理不尽に俺を責めてきた。

「枕営業もＮＧ、僕の愛人にもならない。じゃあ君、なにができるのって話なんだよ」

　うわっ、なんだこいつ。クズじゃねーか！

　それに対して、彼女の態度は立派だった。

「踊りができるわ」

　おっとりとした、それでいて毅然とした声が聞こえてきた。

「その踊りのことだけどねぇ……」

　そこで、男が待ってましたとばかりに切り出した。

「今日のはなんだね？　僕には触られるのもイヤといった様子の君が、小銭も持ってなさそうな小僧をステージに上げてハグまでするなんて」

「……！」

その小僧って、俺のことじゃないか？　そう思ってドキッとした。

「……彼を見ていたら、実家の弟のことを思い出してしまって……」

「へえ、それが言い訳？　君ってそういう趣味だったんだ？　道理で僕になびかないわけだね？」

そこで、俺は物陰から出た。ジェシーが止めようとするのが視界の隅に映ったが、俺たちと男の距離は目と鼻の先だったので間に合わない。

「おい！」

前世の上司への怒り、そして男のクズすぎる言動への腹立ち、さらにお姉さんが俺のことで責められている状況が耐えられなかった。

「……なんだ、お前は」

突然現れた俺を、男はたじろいだ様子でまじまじと見た。

「お前なんかに名乗る必要はない。このゲス野郎！　そのお姉さんを放せ！」

この世界に来てから、前世で仕事にも多大な支障をきたしていたコミュ障が少しずつ治りつつある気がする。あまり現実感がない世界にいるせいだろうか？　夢の中ではいつもより大胆になれたりするみたいに。

「あなた……」

お姉さんが、はっとした顔で俺を見る。そんなお姉さんを見て、男も、俺が今話題に上った「小僧」だというのに気づいたようだ。

「お前ら、やはりそういう仲なのか？」

「いいから、お姉さんを解放しろ！　この人がお前なんかの愛人になるわけないだろ！」

俺の言葉に、男は顔色を変える。

「そうか、聞かれていたか」

静かにつぶやくと、男は傍にあった裏口のドアを開け、カジノの中に向かって叫んだ。

「不審者だ！　捕まえろ！」

「えっ⁉」

驚く間もなく、バタバタと足音が聞こえてきて、中から屈強そうな男が数人出てきた。

「この小僧を捕まえろ！」

「アカちゃん！」

「アカヤ様！」

物陰から飛び出してきたマミィとジェシーの前で、俺は男たちに取り押さえられてしまった。

「そいつを牢屋に入れろ！」

マジかよ⁉

いくらこの男がカジノの支配人だからって、そんな横暴が許されるわけ……と思っていたのだが、俺はそのまま連行されそうになる。

「待って！」

そこで俺にすがりついてきたのはマミィだった。

「アカちゃんを放して！　捕まえるならマミィにして！　アカちゃんはマミィの大事な赤ちゃんなの！」

「マミィ……！」

だが、男たちは無情にも俺たちを引き離す。

そのとき、支配人の男が、マミィを見て目を瞠ったように見えた。

「あの少女は……」

そして、俺を連行しようとする男たちに向かって叫んだ。

「待て！」

男たちは、命じられるままに動きを止める。

「わかった。そこの小僧の代わりに、君を捕まえよう」

「えっ⁉」

どういうことかと驚いているうちに、俺はたちまち自由の身になる。

代わりに、マミィが男たちに捕らえられた。

そんな男たちに、マミィはけがれない瞳で尋ねる。

「マミィはいくらでもアカちゃんの身代わりになるよ。でも、ひとつ教えて。どうしてこんなことをするの？」

男たちは無視してマミィの両腕をつかんで連行しようとするが、マミィはそこで「あっ！」と叫んだ。

「わかったよ！　もしかして……」

そう言って、優しい顔つきで男たちを見る。

「おじさんたちは、マミィがアカちゃんを甘やかしてたのがうらやましかったのかな？」

「は、はぁ⁉」

男たちは調子が狂った様子でマミィの手を離す。

「わかったよ、マミィ、おじさんたちのこともかわいがってあげるね！」

そう言うと、マミィは飛び跳ねながら男たちの頭を撫でようとする。

結局届いた胸のあたりを撫でながら、マミィは可愛らしく声をかける。

「おじさんたちも、いい子いい子～！」

「ちょっ……なにすんだ」

男たちもそんな彼女を無下にはできないようで、困惑した表情を見せる。

「いいぞ、マミィ！　そいつらを手なずけてしまえば……」

だが、そこで支配人が恫喝した。

「なにしてるんだ、お前ら！　早く連れて行きなさい！」

「は、はいっ！」

男たちは慌ててマミィの両腕を捉え直す。

「マミィ！」

そうして、マミィは今度こそ連行されてしまった。


マミィが連れていかれたのは、カジノの建物の地下だった。みすみす置いていかれる手はないので、ついていった俺とジェシーは、それを確認して顔を見合わせる。

「カジノの地下に牢屋……？」

なにか不自然な気がするが、マミィを連れた男たちと支配人は、地下に並んだ鉄格子の牢屋にマミィを入れようとする。

「マミィ！」

助けようと駆け寄った俺を絶妙のタイミングでかわし、男たちはマミィを牢屋に入れて施錠した。

「アカヤ様！」

勢い余って床に片膝をついた俺に、ジェシーが走り寄る。

「アカちゃん、大丈夫⁉」

鉄格子に張り付いたマミィが、心配そうに俺を見ている。こんなときでも、自分じゃなく俺の心配をしてくれるのか……。

「俺は大丈夫だよ、マミィ」

「立ち去りなさい。それとも、お前たちもぶち込んでほしいのか？」

そう言う支配人を、ジェシーはキッとにらみつける。

「不当逮捕ですわ！　こんなことが許されるとお思いになって⁉」

「なんとでも言うがいいさ。ここでは僕がルールだ」

それを聞いて、ジェシーは低い声でつぶやく。

「……そうですのね」

そして、凛とした表情で顔を上げた。

「ならば申しましょう。わたくしの父は、大神官ゴリゴリーノ・ムッキームですわ。父の名の下に、不当に逮捕された友人の釈放を要求します」

「父の名!!」

本筋とは違うことが気になって、俺だけシリアスモードを脱してしまった。その名の下に釈放されたら、ムッキムキのゴリマッチョになりそうだ。

「それがどうした？」

だが、支配人は顔色ひとつ変えない。

「えっ……」

反対に、ジェシーの顔が戸惑いで曇る。

「お友達のように投獄されたくなかったら、早くここを出て行きなさい」

そう言って、支配人は地上への階段へと向かう。

「マミィ！」

俺はマミィのいる牢屋の前へ駆けつけた。鉄格子のドアを両手で摑んで前後に揺らしても、当然だが牢屋が開く気配はない。金属だけあって、岩を砕くようにはいかないようだ。

「……くそっ！」

「アカちゃん……！」

中にいるマミィは、そんな俺の手に自分の手を重ねて、涙目になる。

「うぅ～アカちゃん……アカちゃんを甘やかせないなんて……こんなに近くにいるのにぃ～！」

その目から涙が溢れ、マミィは泣き出した。

「アカちゃんを甘やかしたいのにぃ～！　お宿で一緒にお風呂に入ってキレイキレイしてあげたいのに～！」

「……!?」

マミィを連行した男たちが、ぎょっとした顔で俺を見ているのを感じる。

「ベッドで子守唄歌ってねんねさせてあげたいのにぃ～！」

「!?!?!?」

やめろ！　支配人だってまだいるのに！　さっきあんなにかっこつけてお姉さんを助けたやつが、幼女の子守唄で寝てると思われたら生きていけない！

「ダメだよ～もう耐えられないよぉ～……！」

そのとき、窓もない地下の牢屋にピカッと稲妻のような光が射し込んできた。

「なんだ……!?」

目を開けたとき、目の前の牢屋はドアが半開きになっていた。

「アカちゃんっ！」

　マミィが走り出てきて、俺に抱きつく。

「床にお膝ついて痛かったよね、大丈夫だった？」

　そう言いながら、俺の膝をナデナデする。

「い、いいよ、大丈夫だよ！」

「アカちゃんは強い子だね～！　いい子いい子～！」

　膝を撫でる手がさらに優しく丁寧になって、男たちの目を気にした俺はマミィから飛び退いた。

「ふふっ、アカちゃんは照れ屋さんだね」

　そんな俺を見て、マミィは満足げに笑う。

「そんなアカちゃんもかわいいよー！」

「いや……っていうか、それよりなんだ今の⁉」

　マミィの牢屋抜けに焦っている俺は、同じく唖然としているジェシーを見る。

　ジェシーだけでなく、男たちや遠くにいた支配人も口をぽかんと開けているのが目に入った。

「……おそらく……」

　そこで、ジェシーが小声で俺に言った。

「ちびっ子の『アカヤ様を甘やかしたい』という想いで魔法が発動して、牢屋が開いたのでしょう」

「そんなことが……!?　でもまずいだろ、今は……」

支配人たちの目の前でこんなに堂々と出てきてしまっては、すぐまた連れ戻されるに決まってる。

「あとで俺が必ず助けてあげるから、今は戻った方がいい」

目の前のマミィを見つめて、俺は囁いた。

「今また捕まったら、今度はもっと厳重に監禁されてしまうかもしれない。だから、しばらくは大人しく従って、あいつらが油断した頃に、誰にも見られないように逃げ出した方がいい」

俺が言って聞かせると、マミィは少しして大きく頷く。

「……わかった」

「絶対に助けに来るから、な？」

慰めるように言ってマミィの顔を覗き込むと、マミィは嬉しそうな顔で俺を見た。

「ありがと……アカちゃんは、ママ想いの優しい子だね」

そう言って微笑むと、マミィはとてとてと牢屋に入り……再び稲妻が走って、元どおりに鍵がかかった。

「アカちゃん、ここを出られたら、またいい子いい子してあげるからね～！」

マミィは笑顔で俺に手を振る。

そこで支配人が叫んだ。

「小僧と小娘をつまみ出せ！」

そうして、俺たちはムリヤリ地上に連れていかれて、カジノの建物から追い出された。

「どうしよう……」

路上に放り出された俺とジェシーは、立ち上がる気力もなく地面にしゃがみ込んでいた。

マミィにはあんなことを言ったが、どうやって助ければいいか、いいアイディアは浮かばない。

「……おかしいですわ」

そこで、ジェシーが呟いた。

「なにが？」

おかしいことといえばジェシーの父の名だが、ジェシーは真剣な顔をしている。そういうおかしさではないらしい。

「あの支配人、わたくしの父が大神官であることを聞いても、まったく気にかけませんでしたわ……」

「騙りだと思ったんじゃないか？」

「だとしても、念のため確認を取りません？　少なくとも、一瞬でも戸惑うそぶりは見られたはずだと思いますの。本当だったら、あとで大変なことになりますもの」

「つまり、どういうことだ？」

異世界から来た無宗教の俺には、彼女の言っていることがいまいちピンとこない。

「彼は『神官を敵に回すこと』をまったく恐れない立場にいるということですわ」

「それはどういう立場の人間なんだ？」

「そうですわね……。この大陸の人間はすべて、シャイアン教の信者のはずですから」

そうなのか。やるな、あの女神。

「彼は『人間』ではないのかもしれません」

「えっ⁉」

ジェシーの結論は、急カーブでとんでもないところに着地した。

「それって……」

「ついていってみましょう」

ジェシーが示したのは、町の雑踏へ消えていこうとしているカジノの支配人の後ろ姿だった。俺たちをつまみ出したのを確認してから、彼はカジノを後にしていた。

「すいません、こちらの方で、カジノの支配人を見ませんでした？」

支配人が消えたあたりで何人かの通行人に訊くと、そのうちの一人が教えてくれた。

「今、そこの町長さんちに入ってったよ」

その人から聞いた町長さんのお宅は、カジノからもほど近い町の中心地にある一軒家だった。

「……で、どうする？」

「忍び込むに決まってますわ」

「マジ？」

なかなかアグレッシブな神官見習いだ。それだけ、支配人が普通の人間でないという確信があるのかもしれない。

支配人が入ったばかりだからか家に鍵はかかっておらず、町長の家には簡単に侵入することができた。

廊下を進んで行ったとき、奥の部屋から男の声が聞こえてきた。

「なんだと!?　ナニー族が？」

俺とジェシーは顔を見合わせ、声のする方へ向かった。

「はい、間違いありません。一人の少年を異常に甘やかしていますし、部下からエルフの耳を見たという証言も得ております」

支配人の声だ。

「で、今そのエルフはどこに？」

「地下牢に入れてあります」

「ふむ……でかした」

ウソだろ⁉　この町、なんか色々ヤバくねーか⁉

「ナニー族を滅ぼせば、魔王様からの評価が上がると、ゴルゴーラ様も喜んでくださるだろう……」

そのとき、町長が何かの気配に気づいたようにはっとした。

「誰だ⁉」

「まずい、逃げよう……！」

俺たちは廊下を急いで引き返し、町長の家を飛び出した。

†

「……どうしますの？」

なんとなく来た道を戻りながら歩く俺に、ジェシーが訊いてきた。

「どうするって、マミィを助けないと……」

「ですわね。今の話が本当なら、町長も支配人も、魔王の配下にいる魔物の手先ということになりますわ」

話しながらカジノに戻った俺たちは、地下牢の様子をうかがいに行った。

「……やっぱり、見張りがいるか」

先ほど俺たちをつまみ出した用心棒らしき男たちが二人、階段の下に立っているのが見えた。

「では、わたくしが連中の気を引きますわ。アカヤ様は、その間に牢屋へ」

「えっ、大丈夫(だいじょうぶ)なのか？」

「魔法を使うので心配ありませんわ」

ジェシーが頼(たの)もしく頷き、俺たちは首尾(しゅび)を確認し合って一旦(いったん)別れた。

階段の上で待機していると、しばらくして外で雪崩(なだれ)が起こるような大きな物音がした。

「なんだ⁉」

カジノの人々が騒ぎ始め、それを聞きつけた用心棒が上がってくる。

「なにかあったのか？」

「いや、よくわからないが……」

その隙に、俺は地下階へ向かった。

ちなみに、これは「音がするだけ」の魔法なので安全だという。

「……アカちゃん！」

牢屋の前に行くと、稲妻が走って、鍵を開けたマミィが牢屋から出てくる。

「会いたかったよ～！　いい子にしてた？」

俺の身体にひっしと抱きついて、マミィは涙声で言う。

「ちゃんとご飯食べてた？　マミィがいなくてさびしかった？」

いや、あれからまだ一時間も経ってないからな？

「いいから、早く行かないと……」

そのときだった。

「ふーっ、なんだったんだよ、あの音は」

「まあ、なんもなくてよかったぜ」

階段の上から、男たちの声が聞こえてくる。

「⁉」

用心棒たちだ。まさかこんなに早く戻ってくるとは……。

「まずい、戻れマミィ！」

小声で言って、俺はマミィとともに牢屋へ戻った。

すぐに階上から二つの足音が近づいてきて、男たちは見張りのポジションに戻った。

「お嬢ちゃんは……いるな」

男たちが牢屋にふらっと近づいてきて、鉄格子に張り付いているマミィを確認しにくる。

ちなみに、俺は男たちの方向から死角になる壁に張り付いている。

早く戻れよ……そう思ってドキドキしていたときだった。

「……なぁ、さっきのナデナデ、もう一回やってくれよ」

男の一人が、そんなことを言い出した。

「なんか、ガキの頃に母ちゃんにナデナデしてもらってたのを思い出してよ……」

「あっ、ズリーぞ！　実は俺もナデナデしてもらいたかったのに！」

もう一人の声も聞こえてくる。

どうやら、マミィの母性は屈強な用心棒の男たちをも虜にしてしまったようだ。

「えっ？　えっ？」

マミィは戸惑いながらも、男たちに言った。

「わかった！　じゃあ、そこに並んでね。マミィが順番にナデナデしてあげる！」

「はーい！」

いい返事をして、男たちがさらに牢屋に近づいてきて……そして。

「あっ」

当然の結果として、俺は見つかってしまった。

「…………」

だが、男たちはなぜか俺をつまみ出そうとはしない。

「……ちっ、しょうがねぇなぁ。お嬢ちゃんに免じて見逃してやるよ」

「だから、いい子に牢屋に入ってな」

「えっ……」

かっこつけた様子で言うが、マミィに鉄格子の間からしっかりナデナデされて、男たちはほっこり顔で定位置へ帰っていった。

「……な、なんなんだ、あいつら……」

この状況がいいのか悪いのか、いまいち判断がつかない。

「……どうしよう、アカちゃんまで逃げられなくなっちゃった……」

俺の方を見たマミィが泣きそうな顔になる。

そうだよな。やっぱり、そういうことだよな。いくらマミィの母性に陥落したとはいえ、二人で堂々と牢屋を出て行くところまで見逃してもらえるとは思えない。

「大丈夫だよ。脱出方法を考えよう」

とはいえ、良さそうな方法はなにも思いつかない。

早く戻らなくては、ジェシーにも心配をかけてしまう。身を挺して見張りを引きつけてくれたのに……。

「くそっ……！」

まただ。俺ってやつは……早くマミィを連れて出ればよかったのに、グズグズしていて後れを取ってしまった。

電気泥棒の頃と変わってない。異世界転生しても、俺はグズでノロマな亀なんだ……。

そう思って、唇を噛んだときだった。

「大丈夫だよ、アカちゃん」

見ると、牢屋の床にゆったり腰を下ろしているマミィは、こんなときなのにとろけそうな笑顔で俺を見つめている。

「アカちゃんは頑張ったよ。あんな強そうな男の人たちがいるのに、マミィを助けようとしてくれたもん。誰でもできることじゃないよ。すごいよ。ありがとうね、アカちゃん」

その言葉は、自信をなくした俺の心にすっと染み入るように入ってきた。

「ここは寒いでしょ」

そう言って、マミィは俺に向かって両手を広げて微笑む。

「おいで。抱っこしてあげる」

「マミィ～……！」

思わず、マミィに向かって駆け寄った。

だが、自分の三分の二くらいの身長の女の子にどう抱っこしてもらえばいいかわからず、とりあえず膝の上に横向きに乗ってみる。

「だ、大丈夫か？　重くない？」

「大丈夫だよ」

マミィは頼もしく答えると、俺の上半身に両手を回した。

「おお……」

抱っこだ！　なんか抱きつかれてるようにも見えるけど、これは世に言うお姫様抱っこの体勢だ！

俺は今、ママにお姫様抱っこされているッ！

赤ん坊の頃に戻ったような心地……なんという癒やし……この上ない幸せだ……！　ざまあみやがれ前世の上司！

「ふふっ、アカちゃんは甘えんぼさんだね」

マミィはほほえましげに笑う。

「ねんね～ん～ころり～よ～」

マミィは身体を左右に揺らして、ゆりかごのような動きで俺をあやしてくれる。

「……子守唄、歌ってあげられた。夢だったんだ」

嬉しそうに笑うマミィを見て、生まれ変わって本当によかったと思う。

「マミィね、生まれたときから一人だったわけじゃないんだよ」

子守唄の延長のような穏やかな口調で、マミィがそっと語り出した。

「マミィも、昔はお母さんやお父さんと一緒に暮らしてたんだ。その他にもおじいちゃんおばあちゃん、近所のお姉さんやお兄さん、たくさんの仲間と一緒に森で暮らしてたの」

初めて聞く話だった。じっと耳を傾けていると、そこでマミィの表情が翳った。

「……でもある日、魔王の部下のゴルゴーラが攻めてきて……」

つい最近どこかで聞いたことがある名前だな……と思ったが、記憶力も赤ちゃんモードになっているのでよく思い出せない。

「みんなで逃げてるときに、家族ともお友達ともバラバラになっちゃった。マミィはすごく小さかったから、遠くへ探しに行くこともできなくて、そのまま森で暮らしていたの。でも、誰も戻ってこなかった……」

「そうだったのか……」

話が終わった気配だったので、俺はため息をつくように言った。

俺が想像していたよりも、悲しい話だった。マミィにそんな過去があったなんて。

「それは……辛かったな」

「ううん」

マミィは憂いを帯びた瞳のまま、首を横に振る。

「でも、そのおかげでアカちゃんと出会えたから」

そう言って笑うマミィの顔には、もう悲しみは見当たらない。彼女は本当に幸せそうで、俺への慈しみに溢れている。

「マミィ……」

そのとき、ふとマミィの表情が変化した。慈愛に満ちた微笑みはそのままに、瞳にいたずらっ子のような茶目っ気がのぞく。

「……二人っきりだね」

言われてみれば、確かにそうだ。少し離れたところには見張りがいるけど……。

「だから、今ならちょっぴりお兄さんなアカちゃんでも恥ずかしくないよ？」

そう言うと、マミィは俺の手を握り、そっと胸元へ導く。

「……おっぱい、する？」

マミィの微笑みは母性に満ちていて、俺の中を不思議な感情が駆け巡った。

ああ、俺にもこんな頃あったたっけな……。母さんの腕に抱かれて、無邪気におっぱいを飲んでた頃……もう記憶にはない遠い昔のことだと思ってたけど、不思議となつかしい気がする……。

マミィの慈愛に溢れる瞳を見つめていると、なんだか本当に赤ちゃんに戻ったような気になってくる。さっきから緊張の連続で疲弊した心が、俺からまともな判断能力を奪っているせいかもしれない。

「いいんだよ、マミィにもっと甘えて……？」

優しい声に誘われ、俺はフラフラと夢遊病者のように、その豊満なバストに顔と手を寄せた……そのときだった。


カタン！

小さな音がして、俺たちのすぐ傍の床のタイルが外れた。牢屋の床は大きめの石をタイルのようにはめこんで作られていて、その一つが浮き上がってずれたのだ。

そして、そこから人影が現れた。

「アカヤ様！」

モグラのようにひょこっと顔を出したのは、ジェシーだった。

「心配いたしましたわ。お戻りにならないから、きっとちびっ子と一緒に閉じ込められてしまったのだろうと……」

不安げな表情で語っていたジェシーが、そこで言葉を止めた。

「アカヤ様……」

俺を見て、額に青筋を立ててプルプル震えている。

「なになさってますのっ！　破廉恥ですわー！」

そこで、自分がマミィにお姫様抱っこされたまま、その胸に手と顔を近づけた状態であったことに気づいた。

「いやっ！　違うんだこれは！」

っていうか、なにやってるんだ俺は⁉　幼女にお姫様抱っこされておっぱい⁉　正気

か⁉　受精卵からやり直したい！　変態やめますか人間やめますか⁉

「そういうんじゃないから全然！」

慌てててマミィから離れて両手を大きく振るが、手遅れ感がハンパない。

「牢屋だとマミィが寒いと思って、仕方なくお姫様抱っこを！」

「なにをおっしゃってますの⁉　それならせめて、アカヤ様がちびっ子をお姫様抱っこでしょう⁉」

「……まあまあ、そのへんにしておいてあげましょう？　ママに甘えたいお年頃なのよ」

そこで、どこからかおっとりした色っぽい女性の声が聞こえてきた。

この声は……と思っていると、ジェシーが床上へ上がり、その次に床下から姿を現したのは、なんと。

「踊り子のお姉さん……！」

「アデラって呼んでね」

うふふと笑いながら、お姉さん改めアデラは床の上に上がってくる。

「ジェシーさんが困ってたから、協力してあげたの。この牢屋の下には、地下水道が通ってるから」

そう話す彼女に、俺はボーッと見惚れていた。とにかく色気がすごい。巨乳もすごい。

この谷間をペン立てにして学生の頃勉強したかった。

「でも、なんで……？」

「ふふっ、あなたには感謝してるの。あのゲスエロオヤジにガツンと言ってくれて。ずっとムカついてたからすっきりしたわぁ」

おっとりした口調に似合わず、口の悪いお姉さんだ。

「でも、そのせいであなたをこんな目にあわせてしまって……わたしも責任を感じたのよ」

だから、助けに来てくれたのか。

「さあ、早く床下に下りて。ここから逃げましょう」

「そうはいかないよ」

そのとき、突然(とつぜん)聞こえてきた男の声に、俺たちは凍(こお)りついた。

牢屋の外を見ると、カジノの支配人が立っていた。用心棒の二人は、その後ろに小さくなってうなだれている。

「念のため見に来てみれば……まったく、ナニー族は油断できないね」

「うそ……⁉」

アデラが青ざめるのが視界の隅(すみ)に映る。

「ゲスエロオヤジとは、よくも言ってくれたねぇ」

いやお前はまぎれもなくゲスエロオヤジだろと思ったが、支配人は怒気をあらわにしている。

「残念だが、お前らまとめて死刑執行だ！」

そう言うと、支配人は手を上げて指を鳴らした。

「えっ……!?」

次の瞬間、牢屋の壁だと思っていた部分が外側に倒れた。

そして、その先に広がっていた光景は……。

「これは……!?」

周囲を円形の壁に囲まれた、だだっ広い平坦なスペース。壁の上はすり鉢状になっていて、上方まで座席がずらりと設けられている。そのほとんどに人が腰掛けていて、俺たちの方に興奮したような視線を向けていた。

「ほら、出ろ！」

用心棒の男たちに突き飛ばされ、俺たちは牢屋から出された。さっきの体たらくを挽回するためか、男たちは必要以上に荒々しく振る舞っている気がする。

「これは没収だ」

男の一人が、俺の腰から剣を取り上げる。

「なっ、なんでだよ⁉」

「おっと、これも預からせてもらうよ。どうせイカサマで稼いだ金だろう」

支配人が俺の懐に手を突っ込み、カジノで儲けた金を持っていく。

「あっ……なにをするんだ！」

「アカヤ様、あれ！」

ジェシーに言われて、彼女が指をさす方を見る。

なんと、俺たちから遠く離れた正面に、異形の生き物がいた。一見直立したオオカミのようだが、上半身はクマのようにいかつい。鋭い眼光から、遠目からでも魔物だとわかった。

「お前たちは、今からあのモンスターと戦うんだ。特別に、百戦百勝の戦績を誇る猛者を用意してあげたよ」

背後から、支配人がニヤニヤ声で言う。

「これが、ここでの罪人の処刑法でね。なるべく長く戦って、壮絶なショーをお客にお見せしてくれよ」

「た……戦うって、剣も取られたのに……！」

「運が良ければ、素手でも倒せるかもしれないよ」

支配人の高らかな笑い声とともに、牢屋の壁が元どおりに閉じた。

「……一体どうすれば……」

改めて周囲を見渡して気づいた。この会場の構造は、闘技場そのものだ。

魔物は遠方から俺たちを見据え、襲いかかるタイミングをうかがっているように見える。

そんな俺たちの様子を、観客たちは上の方から目をギラつかせて見守っていた。

「……ダメですわ。ここも黒水晶のフィールド……ＭＰは使えないようです」

ジェシーが緊迫した声で訴える。

「マジかよ……」

「大丈夫だよ、アカちゃ……」

魔物にひるむ俺に、マミィが手を伸ばそうとする。

そこで、俺たちの間にアデラが割り込んできた。

「大丈夫よ、アカヤくん」

ぎゅむっ！

抱きしめられた……と気づいたときには、やわらかな二つの膨らみが、俺の胸に思いきり押し付けられていた。

「ふふ……いい子ね。わたしがいるから怖くないわよ」

艶っぽい声で俺の耳元に囁くと、アデラは俺から身を離した。

「わたしのこと、ほんとのお姉さんだと思って甘えていいのよ？」

「アデラ……」

そんな場合じゃないのはわかっているが、癒やしの微笑みをたたえるアデラをドキドキしながら見つめる。

アデラは女性にしては長身で、向かい合うと視線のすぐ下に谷間が来る。顔もタイプなので、どちらも見たいと眼球がせわしなく上下に動いた。

そこでマミィが声を上げる。

「あ〜っ、いいな〜アデラちゃん！　マミィもアカちゃんを甘えさせる〜っ！」

「うふふ、でも、わたしもまだまだアカヤくんを甘えさせたいわ」

アデラは妖艶に微笑んで、そっと目を伏せる。

「アカヤくんを見てると、実家の弟を思い出すのよ……。うちは大家族で貧しかったから、長女のわたしは弟たちを食べさせるために、七年前、十三歳で踊り子になった……。わたしが一番可愛がっていた上の弟に、アカヤくんがそっくりなの」

「そ、そうなんだ？」

どんな子なんだろう、と興味を引かれる俺に、アデラは穏(おだ)やかな微笑みを浮かべて語った。

「弟はダメな子だったわ……。学校の宿題をよく忘れて、毎日のように暗くなるまで居残り勉強して……ついたあだ名が『ろうそく泥棒(どろぼう)』」

俺だな⁉　その弟、異世界の俺だな⁉

「でも、姉にとってはダメな弟ほどかわいいもの……。もう何年も会えてないけど、彼のことを忘れた日はないわ」

そんなアデラを見て、マミィがほほえましげな微笑(びしょう)を浮かべる。

「そうだったんだね……じゃあ、マミィと一緒(いっしょ)にアカちゃんを甘えさせよっ！」

「ふふっ、いい提案ね」

微笑んで答えたアデラは、そこで美しい顔に茶目っ気をのぞかせる。

「でも、ここは闘技場(コロッセオ)よ……だったら、甘えさせバトルなんてどう？」

「はい⁉」

いや、あそこにモンスターがいるんですけど⁉　今にも生死をかけた本物のバトルが始まりかねないんですが⁉

戸惑(とまど)う俺（たぶんジェシーも）をよそに、マミィはノリノリだ。

「わーい！　やるやる～！　じゃあマミィからね！」

そう言うと、マミィは俺の手をぎゅっとつかんで、自分の方に引き寄せた。

「よしよし、ママにいっぱい甘えてね～っ！」

すると、アデラが俺の反対の手を持って引き寄せる。

「こっちでお姉さんに甘えて、アカヤくん♡」

再びマミィが俺を引っ張る。

「アカちゃんはママがいいよね～！」

「いいえ、お姉さんの方がいいはずよ♡」

今度はアデラが俺の腕を引っ張って、力任せに抱きしめる。よろけた俺は中腰になって、彼女の豊満な谷間に思いきり鼻を突っ込んでしまう。

「ぐわっ……！」

苦しい！　けど幸せだ！

「あ、マミィもそれやる～～！」

マミィがうらやましそうに叫んで、俺の腕が今度は幼女の小さな手に引っ張られる。

「アカちゃん、次はママに甘えてね～！」

マミィが俺の頭を抱え込むように抱きしめ、俺はその幼いやわらかな谷間に顔を突っ込むことになった。

「ほらほらアカちゃん、バブバブ～！　バブバブだよ～！」

これはこれで悪くない気もするが、世間的にはアウトでしかない。

「アカヤくん、あなたのお姉さんよー！」

「アカちゃん、ママでちゅよー！」

そんなことが何往復も続いて、だんだん「谷間酔い」してきた。引っ張られすぎて三半規管がイカれたのかもしれない。

「……なんだこれ……」

二人の間で揉みくちゃにされながら、俺はふと辺りの様子をうかがった。

相手にされない魔物は戸惑ったようにこちらを見ていて、観客たちは「なにを見せられているんだ」という顔で唖然としている。

「ある意味、壮絶なショーをお見せできてますわね……」

傍観していたジェシーが顔を引きつらせて呟く。

「ちょ、ちょっともう限界……」

二人の間でフラフラになってきた俺は、ついにパスされている途中でよろけた。

「アカヤ様！」

そんな俺をキャッチしてくれたのはジェシーだった。

「大丈夫ですの？」

俺の胴体を抱き止めてくれたジェシーは、そこで焦ったように手を離す。

「いやですわ、わたくしったら、殿方のお身体に……すみません」

「いや、ありがとう、ジェシー」

谷間酔いのあとだと、この子の奥ゆかしい反応が新鮮で可愛く見える。

「アカちゃん、だいじょぶ？　ママのところにおいで～！」

「うふふ、ママよりお姉さんの方がいいわよね？」

二人に同時に声をかけられ、俺は戸惑ってキョロキョロする。

そのとき、俺の目は二人に近づく黒い影を捉えた。

相手にされずにしびれを切らした魔物が、ついに二人をめがけて襲いかかろうとしていたのだ。

「ねえねえ、アデラちゃん。この『ばとる』は、どうしたら終わるの？」

「そうねえ、楽しいけどキリがないわねぇ……」

そんなことも知らず、二人は呑気に言い合っている。

「危ないっ！」

魔物が大きな口を開け、大きく振り上げた手に光る鋭い爪を、二人のどちらかに打ち込もうと振り下ろした、そのとき——。

「じゃあ、マミィがとっておきの技でアカちゃんを甘えさせちゃうよ～！」

マミィが手を振りかざし、そう叫んだ。

「マミィ、アデラ、後ろ！」

気づいてくれ！　モンスターが来てるんだ！

それなのに、マミィはのんきに魔法でなにかしようとしている。

「えいっ！」

そして、次の瞬間。

ドカン！

闘技場の上空に巨大な哺乳瓶が現れて、落下した。

——モンスターの上に。

「ええっ⁉」

驚いたのは、俺たちだけではなかったようだ。

「えーん、なにこれ⁉」

マミィは泣きべそをかいて、地面に転がった哺乳瓶を見ている。

「マミィは、アカちゃんをとびっきり甘えさせられるものを出そうとしたのに……」

それを見ていたジェシーが、俺の横で呟いた。

「やはり、アカヤ様への危機意識による発動でないと、魔法をうまくコントロールできないようですわね……」

そういうことなのか……。にしても、巨大哺乳瓶ってセンスなさすぎてヤバイな。

まあ、モンスターが倒されたから結果オーライだけど……。

と思っていると、マミィは哺乳瓶の横に倒れているモンスターへ駆け寄った。

「だいじょぶ？　モンスターさん……」

悲痛な顔で、倒れて目を回しているモンスターに話しかける。

「ごめんね、ごめんね、マミィそんなつもりじゃなかったのに」

そう言うと、床にぺたりと座って、倒れているモンスターの身体を撫でる。

「かわいそかわいそ……痛いの痛いの、飛んでけ～！」

マミィは目に涙を溜めている。

いや今まであれだけモンスター黒コゲにしてきただろと思ったが、俺を守るという明確な意志が働いていない不慮の事故には、彼女も心を痛めるらしい。

いや、こいつは俺たちを襲うためにここにいたんだから、広義では俺を守ってくれたことになるんだけど、アデラとの甘えさせバトルに熱中していたマミィはそれに気づいていないようだ。

「なにやってんだ、マミィ……」

モンスターは頭を打って目を回しているだけのようだし、危ないので止めようとしたときだった。

「あっ！」

モンスターが起き上がり、今までダウンしていたとは思えないスピードでマミィに襲いかかる。

「危ない！」

叫んだ俺は、次の瞬間、信じられない光景を見た。

「……はい⁉」

モンスターは、なんとマミィの腕の中に飛び込んだ。そして……マミィに顔をスリスリし始めたのだ。

「い、一体なにが……⁉」

もうわけがわからないよ！

「……もしや、ちびっ子の母性にモンスターまでもが陥落した、ということですの……!?」

ジェシーが唖然としながら呟く。

マジで？　なにそれ？　マミィやばくない？　もはや魔物使いに転職するべきでは？

「ふふ、いい子だね～よしよし。これからは、人間を襲ったりするような悪いことしちゃダメだよ？」

マミィに頭を撫でられて、モンスターはうんうんと何度も頷く。

「よしよし、いい子だね。じゃあ、もう森へお帰り」

マミィに言われると、モンスターは聞き分けよく頷いて、マミィから離れた。

そうして、何事もなかったかのように二足歩行でスタスタと闘技場の壁の方へ歩いて行く。なぜか扉が開いて、モンスターはそちらへ吸い込まれるように向かった。

最後に、やつは振り返ってマミィに手を振る。

「えへっ……バイバイ、モンスターさん！　気をつけて帰ってね～！」

マミィも優しく手を振り返し、モンスターはご満悦の表情で消えて行った。

「……な……」

なんだ今のは。

マミィのすごいポテンシャルを見た。

俺はジェシーと顔を見合わせ、とりあえず一時的に身の危険が遠ざかったことにほっとした。

のも束の間。

シーンと静まり返っていた会場から、堰を切ったように罵声が飛び始めた。

「なにやってんだよー！」

「もっと強いモンスターを出せ！」

「責任者出てこいよ！」

望む光景を見られなかった血の気の多い観客たちが、大ブーイングを巻き起こす。

「ちょ、ちょっとお待ちを！」

そこで一度閉じた牢屋の方の壁が開き、中で様子を見ていたらしい支配人が慌てて飛び出してきた。

「今代わりのモンスターを……！　でも、これより強いモンスターは……」

しどろもどろに言う支配人に、さらなる怒号が飛んだ。

そのときだった。

「そこまでだ」

反対側の闘技場の扉が開いて、白銀の鎧に身を包んだ兵士たちが現れた。

「聖騎士団ですわ！　間に合いましたのね！」

ジェシーがほっとした顔で叫ぶ。

「聖騎士団……？」

「各地の神殿の護衛をする、神殿直属の騎士ですわ」

つまり、こちらの味方ということか？

「ジェシーが呼んだのか？」

「ええ。アカヤ様を助けにいく前に、伝達魔法で報告しておきましたの。ベガスタウンの町長とカジノ支配人は魔の者であると」

「それだけで来たのか？　ずいぶん信頼されてるんだな、ジェシーは」

「大神官の娘ですもの。普段はやりませんが、非常時なので立場を利用させてもらいましたわ」

なるほど、普通の対応がこれなら、ゴリマッチョ大神官の名を無視した支配人は、確かにあやしかったな。

俺たちが話している間に、聖騎士団たちは支配人を取り押さえた。

「ここまでだ。今、町長の方にも部隊を向かわせている」

捕らわれた支配人は、それを聞くと、俺たちに悔しそうな目を向けてから、がっくりと肩を落とす。

そうして、俺たちは晴れて自由の身になった。

○月 ×日

今日は、アカちゃんがマミィにだっこされてくれたの！
とってもかわいかった♥

でもでも、ろうやに入れられたマミィを心配して、
かならず助けるって言ってくれたときのアカちゃんは、
ちょっぴりお兄さんに見えたよ。
アカちゃんも大きくなってるんだね！

そのあとのアデラちゃんとの「あまえさせバトル」は
楽しかったな～！　またやりたい！

また大きいほにゅうびんが出たら、今度はアカちゃん、
飲んでくれるかな？

おっぱいははずかしいアカちゃんも、
ほにゅうびんなら安心だね♥

第4章　愛のままに我がママにボスは君だけを傷つけない

その晩は、ベガスタウンの宿屋に泊まった。解放されたときにはもう深夜だったし、色々あって疲れ切っていた俺は、部屋に入るなりベッドに倒れこんで死んだように眠った。

次の日の朝。

「ふふ、アカちゃんはいっぱいねんねするいい子だね」

あたたかい声と共に、小さな手がお腹の上を優しくポンポンしてくれる。どうやらマミイが撫でてくれているようだ。

「きっとすくすく大きくなるねぇ」

なんだかとても心地いい。

「むかーしむかしあるところに、かわいい赤ちゃんとママがいました」

慈しむような声色で、マミィは静かに語り出した。

「二人はとっても仲良しで、末永く幸せに暮らしました……おしまい」

「いやオチは⁉」

思わずツッコんでしまって、俺は完全に目を覚ました。

そして、隣に添い寝するマミィを見て瞠目した。

「なぜ!?」

マミィはぴったり隣に寄り添い、俺と同じ掛け布団をかけてベッドに潜っている。

俺は昨夜、一人で部屋に入った。マミィは女子部屋のはずだ。

「だって、マミィはアカちゃんのママだもん」

マミィは、ふにゃあと笑った。

「昨日の夜からいたんだけど、マミィがこの部屋に来たときには、アカちゃんもう寝ちゃってて、子守唄もお話も聞かせてあげられなかったから……」

だからって、朝一でお話（オチなし）を聞かされてもな!?

「って、昨日の夜から!?」

「うん」

マミィは深く頷く。幼い丸みを帯びた顎が布団に埋まって愛らしい。

「アカちゃん、よっぽど疲れてたんだね。マミィ、寝てるアカちゃんのお顔を拭いて、歯を磨いて、パジャマに着替えさせてあげたのに、ちっとも起きなかったもん」

「はいぃ!?」

俺はベッドから飛び起きて、自分の全身を確認した。確かに、俺は旅人服からガウン風の寝巻きに着替えていた。

「うそだろ……」

幼女に裸にされて着替えさせてもらい、歯を磨かれ、顔を拭かれ、そして……一晩同衾してしまった！

「アウトすぎる！」

俺が頭を抱えたとき、部屋のドアをノックする音が聞こえた。

「アカヤ様？　開けてもよろしいですの？」

ジェシーの声だ。

「あ、ああ……」

混乱して頷いてしまったが、ベッドにいるマミィを見て青ざめる。

「……ちびっ子!?」

案の定、ドアを開けたジェシーはマミィを見て驚いている。

「あなた、まだあっちで寝てたはずじゃ……」

ジェシーの反応を見て、マミィが俺にだけ聞こえるように囁く。

「マミィのベッドには、丸太を寝せて出てきたの」

丸太⁉　どこで見つけた⁉　どうやって運んだ⁉

「そ、そんなことよりジェシー、どうかした？」

マミィとの同衾がバレないうちに、俺は話題を逸らそうとした。

ジェシーは「ああ、ええ」と、真面目な顔になって部屋に入ってきた。

「聖騎士団からのご報告を聞いてきましたの。どうやら、町長とカジノ支配人は、三年ほど前から魔王の手下に魔術で操られていたようですわ」

「そうだったのか」

ということは、二人は魔物じゃなくて普通の人間だったのか。

「あれから聖騎士団が退魔の儀を行って、二人は正気に戻り、今は事情を聞いているところだそうですわ」

そう言うと、ジェシーは眉をひそめる。

「なんでも、二人は操られている間、自分や魔王にとって都合の悪い人間を、ああやって秘密裏に逮捕して闘技場送りにしていたとか」

三年もの間、あんな理不尽な逮捕と処刑がまかり通っていたのかと思うとぞっとする。

「また、支配人たちには、操っていた魔物からこう命令が出ていたそうですのよ。『ナニー族は見つけ次第殺せ』と」

「なっ……!?」

「ちびっ子は、カジノでアカヤ様を異様に甘やかす現場を多くの人に目撃されていますわ。それにエルフ耳も……」

耳が目撃されたのは、たぶんアデラに触発されて服を脱いだときのことだろう。

「ナニー族がカジノにいるという噂が支配人の耳に入って、彼はちびっ子を探していたのです。アカヤ様との交換にすんなり応じたのも、そのためですわ」

俺はマミィの顔を見た。マミィは目を見開いて驚いた顔をしている。

「でも、なんでだよ？　なんでナニー族がそんなに狙われるんだ？」

マミィの代わりに俺が尋ねる。

「おそらく、ナニー族の古代魔法が魔王にとって大変な脅威だからですわ……。五年ほど前には、この周辺一帯でナニー族狩りが行われたそうです」

そこまで言って、ジェシーはちらりとマミィを気遣うように見た。

俺にはわかった。その「ナニー族狩り」が、マミィの一族を離散させた原因だということが。

マミィは俯いていて、表情が読めない。

「……で、その二人を操っていた魔物っていうのは？　そっちもやっつけたのか？」

そこで俺は、話の方向を変えようと質問する。

ジェシーは浮かない顔になった。

「それが……その魔物は現在、冒険者の塔にいるそうなのです。最上階で、塔のボスとして君臨しているとか」

それを聞いて、俺はハッとした。

「そういうことだったのか……！」

それで、冒険者の塔の現状についても納得がいった。魔王の配下の魔物がボスだなんて、どう考えても初心者向けのダンジョンじゃない。

「じゃあ、聖騎士団は、その冒険者の塔にいるボスも討伐するのか？」

「いえ……」

ジェシーは困った顔で首を横に振る。

「冒険者の塔は、もともと神殿管轄外の施設ですわ。聖騎士団が出る幕ではないと……」

融通が利かないお役所仕事っぽいな……とは思いつつも、丸腰の一般人は最初から塔に入らないので、緊急性は低いのかもしれないとも思う。

「……それで、アカヤ様。支度が整ったら、すぐにここを発った方がいいですわ」

そこでそう言ったジェシーの声は、明らかに緊張感を伴っていた。

「そのつもりだけど、どうしてだ？」

　俺の問いに、ジェシーは目を逸らしつつ答える。

「塔のボスは、力のあるモンスターですわ。それにナニー族を滅ぼそうとしている……ちびっ子の存在がわかっている以上、支配人たちが使えなくなった今、こちらに追っ手を向けているかもしれません。あるいは、自ら赴いてくることも……」

「えっ⁉」

　驚きつつも、よく考えれば合点が行く話だ。

　向こうは強力な力を持つモンスター……本気になったら、俺たちなどたちまち見つけて片付けてしまうだろう。

「わたくしたちがこれから向かう方向ですが、とりあえず追っ手を撒くために山へ入るのがいいかと……」

　ジェシーは熱心に説明してくれているが、俺は一人で考え込んでいた。

　だって、今ようやく思い出したんだ。ジェシーと一緒に支配人を尾けていったとき、町長が言った言葉を。

　――ナニー族を滅ぼせば、ゴルゴーラ様も喜んでくださるだろう……。

　そして、マミィが牢屋で語ってくれた過去を。

――でもある日、魔王の部下のゴルゴーラが攻めてきて……。

そうだ。

冒険者の塔のボスこそ、マミィの宿敵、ゴルゴーラなんだ。

「………」

俺は、マミィの大切な家族や仲間を奪ったやつを許せない。

そんなやつに、俺たちは命を狙われている。

逃げたところで、逃げ切れるかわからない。

……だったら！

「いや、ジェシー。俺は逃げないよ」

決意を込めて、低く呟いた。

「そいつを倒しに、冒険者の塔へ行こう」

逃げても捕まるくらいだったら、こっちから退治しにいってやる。そして、マミィの仇を討つんだ。

「……アカヤ様なら、そうおっしゃると思いましたわ」

静かな闘志と怒りに燃える俺に、ジェシーが優しく言って微笑んだ。

「これ、返してもらいましたの。どうぞ」

ジェシーが渡してくれたのは、俺の長剣だった。

勇者の剣は、元通り俺の手に戻ってきた。

剣を腰に差す俺を見ながら、ジェシーは気まずそうな顔で続けた。

「お金の方は……返却を強く求めることができませんでしたわ。そもそも正当な所有権があるのか不確かなお金でしたので……」

うん、それはわかる。おそらくはマミィの魔法による配当だし、あのお金のことは忘れよう。

「いいよ、ジェシー。剣だけでも取り返してくれてありがとう」

俺は気を取り直して、腰の剣の鞘に手をかけた。

「よし、行くぞ！」

意気揚々と宣言したとき、ジェシーの後ろから人影がのぞいた。

「よかったわ、間に合って」

それはアデラだった。

「わたしも連れて行って」

「えっ⁉」

俺たちは驚いて顔を見合わせた。

「なんで……？」

「支配人にたてついてしまったもの、もうカジノの踊り子としては居づらいわ」

「でも、あの支配人は魔物に操られていたんだろ？　だから、アデラの暴言も許してくれると思うんだけど」

俺が言うと、アデラは首を横に振る。

「いつから操られてたのかわからないくらい、彼はずっとゲスエロオヤジだったわ。わたしがこの町に来たときからね」

マジか。ナチュラルに魔物じゃん。

「アカヤくん、魔王を倒す旅をしてるんでしょう？　この子から聞いたわ」

と、アデラはジェシーを見る。

「わたし、自分のスキルを試したいの。仲間にして」

そして、小声で呟いた。

「魔王を倒したら、褒賞金っていくらもらえるのかしら……？」

あ、そっち？　そっちが目当て？　なんか納得するけど、ここは聞かなかったフリをしておこう。

「アデラもスキルを？　それはありがたい……！　歓迎するよ」

俺は興奮気味に言った。踊り子のスキルがどう戦闘に役立つのか未知数だが、ナンバーワン踊り子のスキルとはなかなか期待できそうだ。もちろん純粋な下心もあって。仲間になってくれるのは大歓迎だ。

「やった」

ふふ、と小さく笑って、アデラは俺たちの仲間になった。

「それじゃ、冒険者の塔へ行くぞ！」

俺は、三人の仲間の前で改めて宣言する。

「おーっ！」

「と言いたいところですが……」

そこでジェシーが申し訳なさそうに口を挟む。

「冒険者の塔へ行くなら、防具を揃えなくてはなりませんわ……」

「その必要はないわ」

とアデラが言って、後ろに回していた手から何かをガラガラっと床に落とした。

「ええっ!?」

それを見て驚いた。

薄い鎖帷子のようなもの、軽くて動きやすそうな服、丈夫そうな帽子など、防具や衣類と思しきものが転がっていたのだ。

「さっきカジノに退職の挨拶をしに行ってきたときに失敬してきたの。これは期限切れの質草だから安心してねぇ」

まさかの盗品。俺たちは唖然とした。

「七年間もナンバーワン踊り子としてここのステージを盛り上げていたんですもの。当然の退職金よね」

と、アデラは妖艶に微笑んだ。この様子だと、他にも盗んでそうだな。敢えてツッコまないけど。

「言い忘れてたけど、わたしのスキルは盗賊のスキルよ。家が貧しかったから、昔……ね？」

ね？　じゃない！　現代日本だったら逮捕だぞ！

「……だから、町の地下水道マップを熟知してたんですのね……」

ジェシーが呆れながら呟いた。

「ま、まあ、盗賊もRPGの職業の定番だしな」

仕方なく俺はフォローした。

ジェシーの話によれば、支配人は魔物に操られていたお詫びに、これからカジノの利益の一部をチャリティーに回すと言っているらしいし、これくらい命の危険にさらされた迷惑(めいわく)料だよなと俺たちは防具をありがたくいただいた。

†

「よーし！　冒険者の塔へ行くぞ！」

新たな装(よそお)いで気分一新した俺は、そうしてベガスタウンを出発した。

アデラのおかげで、俺の服装はだいぶマシになった。ケープのようなデザインのマントに、シンプルなトップス、動きやすいボトムス、丈夫なブーツと、機能的かつカッコいいファッションだ。中には軽めのチェーンメイルを着込んでいる。社畜時代の俺にとっては全然軽めじゃない金属製のベストだが、今の俺には軽々着こなせる重さだ。

ちなみに、マミィにもおそろいのチェーンメイルを着せようとしたが、小さな女の子には重そうでかわいそうということで見送りになった。

街道(かいどう)を通っているので魔物に遭遇(そうぐう)することもなく、行程は順調かと思われた。

途中(とちゅう)までは。

「アカヤくん、寒くない？」

歩いていると、アデラがそう言って、自分の羽織っていた布をかけてくれた。

「あっ、ありがとう」

それはベールのように透ける素材なので防寒の効果があるかどうか謎だけど、アデラの気持ちが嬉しい。

ついでに、ベールがなくなったことでたわわな谷間がより鮮明に見えるようになったのも嬉しい。

「ふふっ、そんなにおっぱいが好き？」

耳元で囁かれ、俺は驚いてアデラを見た。無意識に凝視してしまっていたようだ。

「アカヤくんなら、もっと見てもいいのよ？」

アデラは色っぽい微笑を湛えて俺を見ている。

「本当のお姉さんだと思って……」

いや本当の姉の谷間凝視してたらヤべェ弟だろと思いつつ、お言葉に甘えてその吸引力のある胸元に視線をやったときだった。

「……！」

マミィが目を輝かせてこちらを見ている様子が、目に入った。

「マミィもそれやる～！」

ダダッと走り寄ってきて、俺の目の前で立ち止まる。なにを考えているのか、リクワクしたように頬を上気させている。

「アカちゃん、まだ寒いよね？　だったら……」

「いや、その、違う、寒くないよ！」

マミィのことだから、アデラの真似をして脱いだワンピースででも防寒してくれる気だろう。

まさか脱ぐのか!?　ここで脱ぐのか!?　と警戒していると。

「マミィを湯たんぽにしていいよ！」

正面から俺の首に両手を回し、マミィがいきなり抱きついてきた。

「うわっ!?」

両足を俺の背中の方に回しからめ、ひしっと抱っこの体勢になる。

「ゆ、湯たんぽ……？」

どこが？　これでは幼女を抱っこして歩いているだけだ。ただでさえチェーンメイルのせいで今までよりは重装備なのに、このままでは冒険者の塔に着く前にＨＰを使い果たしてしまう。

「ほらね、あったかいでしょ？」

確かに、あたたかいのは間違いない。

「それに、マミィの湯たんぽはプニプニだよ？」

「おおぅ!?」

胸を押し付けられて、思わず変な声を上げてしまった。あたたかくてやわらかいものが、歩くたびに俺の胸でフニフニと躍動（やくどう）しているのを感じる。

「うふふ、アカヤくんってば寒がりね」

そこで動いたのはアデラだった。

「そんなに寒いなら、背中もあたためてあげるわよ～」

むぎゅっ、と後ろからやわらかくあたたかいものが二つ押し付けられる。

アデラが背中から抱きついてきたのだ。

美幼女と妖艶な美女、二人の女性からサンドイッチのように挟まれている。

すごいぞ俺！　めちゃめちゃ歩きにくいけど、生きてるって気がする！

「サンドイッチマンだ！　俺はサンドイッチマンだ！」

思わず叫（さけ）んでしまった。

「ちょっとなに言ってるかわかりませんわ」

ジェシーのツッコミが、奇跡的にサンドウィッチマン（芸人）だ。

だが、そんなジェシーはどこか元気がない。

「ものすごい敗北感ですわ……」

サンドイッチマンな俺を見て、顔を引きつらせて呟く。

「たわわなパーティメンバーは、ちびっ子だけで充分でしたのに……」

コンプレックスが再燃していたのだろう。いつものようにいかがわしいと叫ぶ元気もない様子だ。

「うっ……」

そこで俺はとうとう、地面に膝をついた。体力的にはまだいけるが、刺激が強くて（特にアデラ）これ以上は身が保たない。

「アカちゃん!?」

マミィが俺から身体を離そうとしたが、俺の背中にくっついているアデラに気づいて、慌てて俺に抱きつき直す。まだ甘えさせバトルをしているつもりなのかもしれない。

「アカヤくん、大丈夫？」

アデラの方も、マミィを意識して背中から胸を離さない。

「うわっ……」

俺はバランスを崩して、地面に横倒しになる。

「アカちゃん⁉」

「アカヤくん⁉」

それでも二人はぴったりとついてくる。

俺たちは三人折り重なったまま身動きが取れず転がっていて、このままだと三人で地面をゴロゴロゴロ～の城本クリニックＣＭだ。

「二人とも……」

そこでようやく、ジェシーが口を開いた。

「離れなさーいっ！　ですの！」

ジェシーが元気を取り戻したおかげで、俺はやっと解放されたのだった。

†

「この塔の最上階に、魔王の手下のボスがいるのか……」

再びやってきた冒険者の塔を見上げて、俺は気を引き締めながら呟いた。

カジノ支配人や町長を操り、ナニー族の撲滅を願う、マミィの宿敵……そいつがここにいる。

「大丈夫だよ、アカちゃん」

手をぎゅっと握られて、隣を見るとマミィが頼もしい顔で頷いていた。

「アカちゃんのことは、マミィが守るから」

そう言うと、マミィはにっこり微笑む。

「だから、アカちゃんは魔王を倒すことだけに集中してていいよ」

……ん？　今なんて言った？

魔王って、それ相当先の話じゃないか？　それまで俺の出番ないの？

いやな予感がした。

でもまあ、俺だって防具をととのえたし、立派な剣もある。大活躍とはいかないまでも、少しくらいはやってやるさ。

そんな自信は、塔の中に入ると跡形もなく消し飛んだ。

「滅ーっ！」

死骸を持って帰る余裕はないとばかりに、マミィはモンスターを火力調整なしで消し炭にする。

どんな敵が現れても、マミィの手にかかれば例外なく秒で敗れていく。

俺たちはたちまち一階のフロアを攻略して上に上り、二階もまたあっという間に制圧した。

「これなら、もしかして防具いらなかったかもしれませんわね……」

手持ち無沙汰に先へ進みながら、ジェシーがばつが悪そうに呟いた。

「いや、ジェシーは間違ってないよ……」

マミィがチートすぎるんだ。昨日の時点ではまだマミィの魔力がこんなにヤバいって実証されてなかったことだし、防具をととのえて正解だったと思う。

……たぶん。

「うふふ、なんだか楽勝ね」

経緯を知らないアデラは、のんきに微笑んでいる。

「アカちゃんの命を狙う悪い子は、許さないんだからねーっ！」

じゅわーっ！　と魔物が消し炭になっていく。

「ふふ、マミィちゃんってば、ほんとおてんばね」

この状況で笑ってられるこのお姉さんは、けっこう怖い人なのかもしれないと思った。

そんな感じで敵を次々に撃破して、俺たちはほとんど緊張感なく最上階まで来てしまった。

「ここにボスがいるのか……」

廊下をぐるっと廻っても今までのように上り階段がないので、ここが最上階だとわかった。そして、フロアの中央に広めの部屋がある。きっとオリジナルの冒険者の塔だった頃は、そこそこのボスとか宝箱に入った景品とかが用意されていた部屋なんだろう。

「入るぞ……」

一人一人の目を見て言い、俺は思いきってドアを開けた。

すると、そこには意外な光景が広がっていた。

「参った！　あたいの負けだよ！　降参だ！」

俺たちの正面に、土下座している黒い影がある。

それは、肩に棘のついた黒い鎧と、マントを身に着けた少女だった。頭にはドクロの形の兜をかぶり、鋭い赤い瞳を殊勝に伏せている。

目つきの悪さといい、ファッションの趣味の悪さといい、どこからどう見ても魔物で間違いない。

「お、女の子……？」

てっきり中にいるのはグロテスクなバケモノだろうと思っていたので、そこは少し出端をくじかれた。

彼女は土下座したまま、俺たちに向かって叫んだ。

「あたいはゴルゴーラ！　お前たちに降伏するよ！　悪いことはもうしないッ！」

「エ――――ッ⁉」

まぎれもなくボス本人だ。

一体なにが起こったのかと戸惑う俺たちを前にして、ゴルゴーラは続けた。

「ナニー族は恐ろしい……魔力は無尽蔵だし、黒水晶のバリアも効かない……そんなやつが相手では、あたいには勝ち目がない」

どうやら、ゴルゴーラは俺たちがここに来ることをわかっていたらしい。

俺は隣のマミィを横目で見る。

「……！」

マミィは息を呑み、目を瞠ってゴルゴーラを見つめていた。

「…………」

そうだった。マミィは塔のボスがゴルゴーラ……自分の仲間を離散させた犯人だと、今初めて知ったんだな……。

「……だからって、お前を見逃すわけにはいかない」

マミィの気持ちを代弁するつもりで、俺は言った。

「お前のことは、ここで倒させてもらう！」

だが、そこで隣のマミィが動いた。

「待って、アカちゃん」

俺を押さえるように手を出して、一歩前に進み出る。

「悪いことはもうしないって言ってるんだよ？　だから、ボスさんを許してあげよ？」

「えっ⁉」

驚いたのは、俺だけではなかったようだ。

「なに言ってますの、ちびっ子！　降伏するふりをして油断させるつもりかもしれませんわよ⁉」

「そうよ。こんな悪趣味な格好してるやつの言うことなんて信じられないわよねぇ」

ジェシーとアデラも俺と同意見のようだが、マミィは真面目な顔で首を振る。

「こんなに頭を下げて言ってるんだもん、信じてあげよ？」

マミィは俺の手を取って、なだめるように語りかけた。

「じゃあ、一休みしたら帰ろっか。あっ！　アカちゃん、お腹すいてない？」

「すいてないよ……」

「喉は乾いてない？　みかん食べる？」

そう言うと、マミィは自分のポケットからオレンジ色の丸い果実を取り出した。

「ここでみかん!?」

この世界にもみかんが存在することに感心しつつも、まだこの状況に理解が追いついていない。

そうこうするうちに、マミィはみかんの皮に指を突っ込んでむき始める。

「えっ、俺食べるって言った!?」

「みかんくらい食べられるでしょ？」

と、マミィは屈託なく笑う。そして、むいたみかんをひとふさ取った。ご丁寧に、周りについている白いフサフサしたやつも取ってくれている。

「……はい、アカちゃん。アーンして」

「はい!?」

俺は周囲を確認した。

ゴルゴーラは土下座を続けている。

異常だろ！　ここで喜々として幼女にみかんアーンしてもらえたら異常者だろ！

ちなみに、ジェシーは微妙な顔で、アデラはほほえましげに俺を見ている。

「ママと仲良しは恥ずかしいお年頃よねぇ？　代わりにわたしが食べさせてあげましょうか？」

「いやあの、気持ちはうれしいんだけど……」

ボスの前だからここ！

「これ以上アカヤ様を困らせるのはお気の毒ですわ……」

ジェシーがアデラを諭してくれる。

そうしている間にも、マミィは俺の口元でみかんを待機させている。

「ほら、アカちゃん。アーンだよ、アーン……」

どんな罰ゲームだよこれ。

魔王を倒そうとしている男が、魔王の配下のボス（土下座中）の目の前で、ロリ巨乳エルフに「アーン」されるって！

羞恥心と戦いながら、俺は口を開けた。

マミィは可愛く微笑んで、俺の口にみかんを入れる。

「ふふっ、よく食べました！　えらいえらい～」

一つ食べるごとに、マミィは俺の頭を撫でた。

「大きいお口ですね～！　いい子いい子」

「やめろって……」

「はーい、これで最後ですよ～！　きれいに食べましたね～！」

俺の頭を大きく撫でて、マミィは満足げに微笑む。

　そのときだった。


「ククッ……フハーッハッハッハッハッハッ！」


　低い笑い声とともに、ゴルゴーラが立ち上がった。

「油断したな、バカめ!!」

　やつが目にも留まらぬ速さで動いたと思った次の瞬間(しゅんかん)、その手にはマミィがかかえ込まれていた。

「あたいはこのときを待っていたんだよっ！」

　そう言うと、豹変(ひょうへん)したゴルゴーラは部屋の隅(すみ)へ移動し、そこにあった大きな箱にマミィを入れて素早(すばや)く蓋(ふた)を閉めた。

　その箱はサイコロのような立方体で、ちょうど幼女一人が入るのにぴったりなサイズだった。表面には魔法陣のような複雑な幾何学模様が描かれている。

「マミィ！」

ゴルゴーラは箱に鍵をかけ、俺たちに向かって不敵な笑みを浮かべる。

「確かにナニー族は恐ろしい……だから魔王様はナニー族を絶滅させようとして、あたいはそれに従ってナニー族を狩ってきた」

そこで、彼女はひときわ凶悪に笑う。

「けどさ、そんなのは口実だよ！　あたいは、お前らみたいな甘ったれた連中が大っ嫌いなんだ！」

魔物らしい凶暴性をむき出しにして、ゴルゴーラは攻撃的に叫ぶ。

「なにがママだい！　親子愛だい……！　そんなもの、くだらないんだよっ！」

そう言う声にわずかな悲痛さのようなものが含まれているのが、少し気になった。

「マミィをどうする気だ!?」

焦る俺に、ゴルゴーラはニヤリと笑う。

「始末するに決まってるだろ」

そこで、ジェシーが箱に向かって叫んだ。

「ちびっ子、出てきなさい！　あなたならできますでしょう!?　牢屋のときみたいに鍵を開けますのよ！」

「ムダだね」

ゴルゴーラは笑った。

「その箱には、ナニー族の魔力を封じる特殊な封印がされているのさ。その中ではいくらナニー族でも何もできない」

「なっ……！」

絶望する俺に、アデラが囁く。

「心配しないで、わたしがスキルで鍵を奪うわ」

「ムダだって言ってるだろ」

ゴルゴーラが嘲笑う。

「なにを企んでもムダさ。お前らはあの小娘よりも先に、これから始末されるんだからね！」

すると、部屋の中に突風のような風が吹き込んできた。

「うわっ!?」

俺は吹き飛ばされて、部屋の壁に背中を打つ。

「アカちゃん、大丈夫!?」

見ると、すぐ横にマミィがいる箱がある。

「ああうん、大丈夫だよ」

「よかったよぅ……」

マミィの声は涙ぐんでいる。

「ここから出たら、いーっぱいナデナデしてあげるからね」

「…………」

だが、そんなマミィの言葉に、俺は返事をするのも忘れた。ジェシーとアデラが、ゴルゴーラの目の前に取り残されているからだ。

「……アカちゃん？　大丈夫？」

俺の様子を不審に思ったのか、マミィが不安げに尋ねる。

「ああ……俺は大丈夫だよ」

ハラハラしながら、そう答えた。

「でも、ジェシーとアデラが……！」

「フッフッフッ……死ねぇ――――っ！」

ゴルゴーラが叫び、二人に襲いかかる。

「ジェシー！　アデラ！」

「……と思ったが！」

そこでゴルゴーラが身を翻（ひるがえ）す。

「あたいが得意なのは、物理攻撃じゃなくて魔法なのさ！」

「なっ⁉」

「だから、お前らを赤ちゃんにしてやる！」

「うえぇーいっ⁉」

急カーブすぎる展開で、シリアスとギャグの気持ちがごっちゃだ。

「フハハハハ！　甘ちゃんなお前らにお似合いの魔法だよ！」

ゴルゴーラが手を掲（かか）げ、そこから閃光（せんこう）のようなものが放たれる。

次に目を開けたとき……。

「マジかよ⁉」

ジェシーとアデラの姿は、一回りも二回りも小さくなって、みるみるうちによちよち歩きの幼児になっていた。

一気にぶかぶかになった服の中で戸惑（とまど）ったようにもぞもぞしている様は、エロスとは無（む）縁（えん）で純粋（じゅんすい）に可愛い。

「わたちたち、ちいさくなってりゅ！」

「なにしゅるんでちゅの⁉」

だが、俺はそれどころではなかった。

「えっ、俺は⁉」

ジェシーとアデラと、自分の身体を見比べる。

「ねぇ、俺は⁉　なんで俺だけそのままなんでぃや⁉」

「って、あかやくんもあかちゃんことばになってりゅわよ？」

「いいえ、たぶんいまのはせりふをかんだだけでちゅわ」

そこで、ゴルゴーラが呆れたように俺を見た。

「安心しな、お前にはかけてないよ」

「なんで⁉」

「めんどくさい」

「理由が雑！」

とはいえ、俺が残されたのはおそらく主戦力だと思われていないからだろう。そう考えると屈辱的だ。

「ハハハ！　その姿がお前らにはお似合いだよ！」

ゴルゴーラはこれみよがしに笑った。

「ママ、ママってくだらないんだよ！　その姿でせいぜいママにでも甘えて、赤ちゃんごっこしてな！」

ゴルゴーラはことさら吐き捨てるように言う。さっきから、ママを過剰にバカにする、その態度が気になってしまう。

「ママなんてのは、いざってときになんの助けにもならないんだよ！　人はみんなひとりなのさ！　そのことをよく噛みしめて死ぬんだね！」

そう言って、ゴルゴーラがジェシーたちに手を伸ばす。

「まずい……！」

今のジェシーたちは文字通り赤子同然だ。魔法など使わなくても、あっという間にひねり殺されてしまう。

「ジェシー！」

二人を助けようと、彼女たちのもとへ走り出したときだった。

「えいっ！」

ジェシーが高々と手を上げた。そして、幼い声で力を振り絞るように叫んだ。

「あるてぃめっとしょうかんっ！」

「アルティメット召喚!?」

なんだそれ……一体なにが起こるんだ⁉

「……なにっ……⁉」

ゴルゴーラは明らかに焦っている。

「身体(からだ)が動かないッ……！」

そこで俺はジェシーとアデラのもとへ走った。

「ジェシー！　アデラ！」

「あかやしゃま」

「じぇしーちゃん、いまのはなんにゃの？」

アデラに訊(き)かれて、ジェシーは答える。

「しんかんは、せんとうふのうじょうたいのときに、いちどだけめがみしゃまをしょうかんできまちゅの」

「めがみ？　女神(めがみ)って……あの女神か？」

「ええ」

駆(か)け寄って尋ねた俺に、ジェシーは幼児らしい大きな頭でこっくりと頷(うなず)く。

「もしみこころにかなえば、めがみしゃまがすくってくだちゃいまちゅ」

「それって……今ここに女神が来るってことか⁉」

「そうでちゅわ」

「ゴルゴーラの動きが止まったのは？」

「めがみしゃまがいらっしゃるからでちゅ。めがみしゃまのまえでは、まものはむりょくでちゅわ」

ジェシーが言い終わったとき、部屋の中にまばゆい光が輝いた。

「……!?」

次に目を開けたとき……。

目の前に、あの女神が立っていた。

光り輝くような美貌の女神は、俺たちを見て厳かに口を開いた。

「……なんか用か？　今めっちゃ忙しいねんけど」

相変わらずだった。

どうも不機嫌そうな女神を見て、ジェシーは焦りを見せる。

「め、めがみしゃま……もうちわけありましぇん……」

「なんや、変な魔法かけられてるな。気の毒やから治したるわ」

そう言って、女神は指先をちょちょいと動かす。

すると、ジェシーとアデラがみるみる大きくなり、元の姿に戻(もど)った。

「……あ、戻ったわ！」

それを見て、動けないゴルゴーラが顔色を変える。

「そっ、そんなのアリなのかい⁉」

だが、動けないのでどうしようもない。

「女神様、ありがとうごじゃ……じゃない、ございます！　ですわ」

「ええよ～」

ゆるく返事した女神が、ふとこちらを見る。俺と目が合うと、その表情が親しみを込めたものに変わった。

「おう、お前か。久しぶりやな」

「いや、会ったのつい数日前ですけど……」

「そうか？　まあええわ」

適当に言って、明るく笑いかける。

「元気にやってるか～？　こっちの世界でなにしてるん？」

まるで親戚(しんせき)のおじさんのような軽いノリで尋ねられ、俺は調子が狂(くる)うのを感じながら答える。

「はぁ、魔王を倒すことにしました」

「ほんまか！　そらまた大きく出たな」

女神は大げさに目を丸くする。顔の造作はシェークスピア悲劇のヒロイン級にシリアスなのに、リアクションは新喜劇だ。

俺はゴルゴーラに目をやってから女神を見た。

「なぁ女神様、早くこいつをやっつけてくれよ！　今みたいにチョチョイのチョイっと！」

だが、女神は目を瞑って首を横に振る。

「悪いけど、それはできへんねん」

「なんで!?」

魔王に人間を減らされて、異世界から人間生き返らせてるくらいなんだろ？　魔物の一匹くらい倒してくれてもよくないか？

そう思ってイラっとする俺に、女神は答えた。

「魔物も、この世界の生命体……つまり、女神シャイアン様の祝福を受けて誕生した命だからや」

「はぁ⁉　ウソだろ⁉　なんでこんな邪悪なやつらを生み出したんだよ⁉」

「不良や犯罪者にしよう思て子どもを産む親はおらんやろ。けど、世の中には悪いやつがぎょうさんおるやろ。それと同じ話や」

わかるようでわからない、少しだけわかる理屈だ。

「この世界の生命については、魔法を解くくらいならしてやれるけど、死んだもんを生き返らすことはできへんし、逆に殺すこともできへん」

「…………」

女神、使えね――――っ！

「なんのための究極召喚なんだ……」

そこで俺は、ハッと思いつく。

「じゃあ、俺のスキル！　俺のスキルについて教えてくれ！　スキルを使って俺が戦う！　どうやって使えばいいんだ⁉　『無敵の赤子王』っていうらしいんだけど、どんなスキルかわからないんだよ」

そこでジェシーが「アカヤ様、それは……」と何か言おうとしたが、俺が「ん？」と見ると、黙って目を伏せた。

それで改めて女神に目を向けると、彼女は「は？」というように目と口を大きく開けて俺を見ている。

「なんやそれ」

「なにって、だから俺のスキルだよ」

「スキル？　『好きです付き合ってもらえますかついでに僕とルンバ踊ってくれませんか』の略か？　答えはもちろんノーや。ルンバてなんやねん掃除機か！」

　流暢な上方漫才のごとき勢いに、東日本出身の俺はツッコミを入れることすら叶わない。

「それともあれか、『スキミングされたクレジットカードのせいで今月支払い請求四百万来てるんで代わりに払ってくれませんか』か？　いずれにせよノーや。まだ会って間もないくせになんやあつかましい」

「いや、だから、俺は自分のスキルのことを聞きたいんだよ！　真面目に答えてくれ！」

　女神があまりにもふざけ倒すので、とうとうツッコまざるを得なくなった。

　女神は憮然とした表情で頰を膨らませる。

「真面目に答えてるやん。お前がようわからんこと言うから、こっちもようわからんこと返してるだけやで」

「なんだよそれ。こっちは命がけなんだぞ！」

　だんだん腹が立ってきて、女神に対する語気が荒くなる。

「そもそも、あんたは人の話を聞かなすぎる！　俺を生き返らせたときも、適当に聞いてたから『生まれたままの姿で』『学生に』戻したんだろ⁉」

なにもできない自分へのもどかしさもないまぜになって、俺は女神に怒りをぶつける。

「もっと言うなら、『学生』ってのは本来は『大学生』のことを指す言葉で、高校生の頃に戻すのは日本語の解釈として間違ってるからな⁉　これでも文学部出てるんだよ！」

「そんなん知るか」

そこで女神は顔を歪め、吐き捨てるように言った。

「そもそもお前の言語とこっちの世界の言語は全然ちゃうねん。それをこのシャイアン様の能力でいい感じに通じるようにして、お前自身にもこっちの言葉がわかるようにしたってんねん。それだけでも涙流して感謝せぇいう話や。名翻訳家や。戸田奈津子も真っ青やで」

こんなところで、言語の謎が解けてしまった。

しかし、それで関西弁に翻訳されてる女神の言葉は、こっちの世界ではどうなってるんだという脱線気味な疑問が新たに芽生えた。

「……女神様のお言葉は、王都周辺の人々が使うお国言葉ですわ」

俺の心を読んだかのように、ジェシーが説明してくれる。

「百年ほど前に標準語が制定されてから、王都でも多くの人は標準語を使っておりますけど」

「今は主に、昔から王都に住んでいた人たちの末裔が使っているわね」

アデラも補足する。

なるほど。その辺の歴史もけっこう忠実に勘案されての関西弁だったのか。

「ほんなら答えたるけどな」

そこで女神は渋々といった様子で、ぶっきらぼうに言った。

「お前にスキルは与えてない。以上や」

そして、やれやれというように肩をすくめる。

「ほら、一言で片付いてもうたやん。おもんな！　お前ほんまおもんないわー」

「スキルが、ない……？」

俺は信じられない気持ちで呟いた。

まさか。そんなことは考えてもみなかった。

どうしてだ？　だって……。

「ジェシーも俺のスキルのこと教えてくれたし……」

ジェシーを見ると、彼女はうろたえた様子で俺を見ていた。

「ア、アカヤ様、あれは、その……」

泳いだ目で必死になにかを弁明しようとしているジェシーを見て、さすがに俺も気づいてしまった。

あのスキルについての発言は、彼女の思いやりだったんだ……。ジェシーの優しい面を知っている今なら理解できる。

「そうか……俺にスキルはないのか……」

呆然と呟いた、そのとき。

「女神だって……？　クッ、こざかしい……！」

今まで身じろぎもできずにいたゴルゴーラが、ゆっくりと動き出した。

「なっ⁉」

「なぜですの⁉」

「あたいは魔王様から直接力をいただいているんだよ。そのへんの下級モンスターと一緒にしないでほしいね」

「なんてこと……」

ゆっくり手足を動かし始めるゴルゴーラを見て、アデラが青ざめる。

「アカヤくん、気をつけて！」

だが、俺はゆっくり深呼吸し、その場から退くことはなかった。

「………」

俺にスキルがないことはわかった。でも、あるじゃないか、俺にだって。

森で初めて遭遇したモンスターの投擲を避けた瞬発力。盗賊のアジトで岩を砕いた力。冒険者の塔の入り口でモンスターにカウンターのワンパンをした力……。驚異的な身体能力が、生まれ変わったこの身には宿っている。

盗賊にはビビって手が出なかったけど、ゴルゴーラに対しては別だ。だってこいつは、マミィの仇なんだから。

「お前は俺がやっつける！　女の子でも、容赦しないからな……！」

俺は拳を振り上げ、ひと思いにゴルゴーラへ向けた。

………。

のだが。

「……あれっ？」

スカッ、と拳は宙を殴った。ゴルゴーラが避けているわけではない。

「覚悟！」

気を取り直して、もう一度殴ってみる。

「あれっ？」

ならばもう一度だ！

「あれ？　あれれれっ!?」

なんでだ!?　なぜ当たらない!?

これでは……まるで前世の俺だ。本気で人を殴ったことなんて物心ついてから一度もない、平均以下の身体能力の……。

「俺の……力が……なくなってる……？」

呆然と呟いたとき、背後でジェシーが声を上げた。

「……やっぱり……」

俺は振り返る。

「やっぱり？　やっぱりってどういうことだ？」

必死な俺の問いに、ジェシーは真剣な顔つきで答えた。

「アカヤ様の驚異的な身体能力は、ちびっ子の母性による身体強化の結果だと考えられますわ。愛情の副作用といいますか……。だから、ちびっ子が箱の中で力を封じられている今、アカヤ様の身体も普通に戻ってしまっているのです」

「マジで……!?」

そんな……マミィがピンチのときこそ俺の出番だと思ったのに……！

「確証がなかったこともあって、今までお伝えするタイミングを逃しておりました……すみません」

絶望する俺を見て、ジェシーが申し訳なさそうに言う。

「ハハハッ！　なんだか知らないけど、情けないことだねぇ！」

そこで、完全に自由を取り戻したゴルゴーラが、俺たちの前に改めて立ちはだかる。

「アカヤくん、どいて！」

アデラがさっと俺の前に進み出た。

「わたしたちが魔法とスキルで食い止めるわ！」

「アカヤ様、お下がりください！　危険ですわ！」

ジェシーも俺の半歩前に出て、緊迫した声で言う。

そこで俺は我に返った。

「え……」

なにやってんだよ俺？

確かに、俺にはスキルもない。特別な身体能力も、今は発揮できないようだ。

でも、だからって、このままここで呆然と突っ立ってるつもりか？

ジェシーとアデラは、一度魔法をかけられたにもかかわらず、こうして立ち向かってくれているのに。

俺は一度も矢面に立つことなく、いつまでも守られているのか？　マミィだけでなく、ジェシーにも、アデラにも。

「アカヤくん、危ないわよ！」

動かない俺に、アデラが焦りの声を上げる。

だが、俺はゴルゴーラの前から退かない。そして、腰の剣の鞘を握って、ゆっくりと引き抜いた。

「……ゴルゴーラ。今からお前が相手するのは、この俺だ」

両手で剣を握って構え、敵を睨み据えてそう宣言した。

「っ……！　お前はどいてな！」

だが、自由を取り戻したはずのゴルゴーラは、俺を見て邪魔そうに吐き捨てる。

「アカちゃん⁉　なにしてるの、危ないことしてない⁉」

そこで、箱の方からマミィの声が聞こえてくる。

それを聞いて、ゴルゴーラが露骨に動揺を見せた。

「あっ、アカヤくんのママさん⁉　あたい、息子さんにはなにもしてませんからねー！」

「ほんと!?　ほんとなの、アカちゃん!?」

なんだこいつ……と思っていると、ゴルゴーラは俺に仕切りに目配せしてくる。

「ほら、お前も答えな！」

「え？」

「早く！　あたい、お前には魔法もかけなかっただろ!?　ちゃんとそれを伝えなよ！」

わけがわからないまま、俺はマミィに向かって言った。

「俺はまだなにもされてないよ、マミィ」

「まだ!?　まだってことは、これからなにかされる予定なの!?」

「いいやっ！　息子さんには絶対に、指一本触れませんっ！」

ゴルゴーラが焦って答える。

「ほんと!?　ほんとに!?」

「ほんとですっ！　……ほら、お前もなんか言いなよ！」

「え？　ええっと、うん、ほんとっぽいよ、マミィ」

「よかった……！」

マミィの声に、そこでようやく安堵の色が混じった。

「ここから出られたら、思いっきり抱きしめてあげるからねぇ、アカちゃん！」

「う、うん……」

俺はゴルゴーラの視線を気にしながら頷く。

「ナデナデしてあげるからねー⁉」

「ああ、うん……」

「おっぱいもしてあげるからね～？」

「うん……って、おいっ！　いや、さすがにそれはまだしてないからな⁉　いや『まだ』ってなんだよ⁉」

ゴルゴーラに弁解しているのか、自分にツッコんでいるのかわからなくなる。

「ははっ！　恥ずかしがらなくてもいいんだよ。お前みたいな甘ちゃんには、ママのおっぱいがお似合いさ」

ゴルゴーラにバッチリ聞かれていて、ニヤニヤ顔でイジられてしまった。

「えっ、アカちゃん、おっぱいしたいって⁉」

「いや言ってないから！」

俺が慌てて叫ぶと、ゴルゴーラも箱の方へ顔を向ける。

「とにかく、息子さんは無事だから、お前はそこでおとなしくしてな！」

そう言うと、ゴルゴーラは憎しみのこもったまなざしで俺を見つめる。

「……ほらね。ママなんて肝心なときにはなんの役にも立ちやしない！　いらないのさ！」

「…………」

なんだろう。なんでそんなに、こいつはママを目の敵にするのだろう。

俺の中に違和感がざわざわと、胸騒ぎのように広がっていく。

「……そんな……」

そこで、箱からマミィの声が聞こえてきた。今まで聞いたどのマミィの声よりも、頼りなく悲しげな声だった。

「マミィは……いらないの……？」

そこで、はっとした。ゴルゴーラの言葉はマミィにも聞こえていたらしい。

「なんてことを言うんだ、ゴルゴーラ！」

俺は怒りのままにゴルゴーラに立ち向かった。

一体、こいつはどれほどマミィを悲しませれば気が済むんだ。

マミィから家族や仲間を奪い、ママを否定し……あの小さな女の子の心は、こいつによってどれほど傷ついたか。それをこいつ自身にわからせる必要があると思った。

たとえマミィが許しても、俺はこいつを許さない。

「来い！　お前は俺が倒す！」

「アカヤ様！」

後ろから、ジェシーが慌てた様子で声をかけてくる。

「本当に戦うおつもりですか？」

「ああ」

こいつだけは、俺が倒さないといけない。今、心からそう思ったんだ。

「どうやって？　アカヤくんには魔法もスキルもないんでしょう？」

アデラが心配そうに尋ねてくる。

「そうらしいな……でも」

静かに呟いて、俺はゴルゴーラを見据えた。

「俺がやりたいんだ。やらせてくれ」

今ここでそれができなかったら、きっとあと何戦しても同じことだ。

ジェシーとアデラに戦ってもらってゴルゴーラを退治して……無事にマミィを助けられたところで、そのあとどうなるか。

そのままずるずると、マミィが作る消し炭の後塵を拝しながら、ついには魔王城まで進んでしまって、マミィの魔王討伐を見守ることになるんだ。そして「英雄の息子」として、煮え切らない一生を送ることになる……。

前世と同じ、冴えない人生のリプレイだ。

そんなのはいやなんだ。せっかく異世界で生まれ変わったんだから、俺は本当の意味で生まれ変わりたい。

英雄になりたいんだ。

そのためには、戦わねば。俺自身の力で。

絶対に許せないやつのことくらい、せめて。

でも、戦うって？

この剣で、俺が……？

ふと我に返って、俺は手元の剣を見つめた。

この剣に、自分と仲間の命を懸けるのか？　こんなものに懸けていいのか？　初めてまともに握った、この剣に？

それはまるで実感がわかない。

「……重いな、この剣」

構えているだけで、両手が震えてきそうだ。

思いがけず立派な長剣を手に入れて、勇者っぽいと浮かれていたけど、こんな剣、どうやって使えばいいんだ？　剣道なんて高校の授業で数回やったきりだし、そもそも竹刀とはだいぶ勝手が違うだろう。

スキルさえあれば、なんとか魔王を倒せると思った。だから、目標に近づくために旅に出た。

でも、俺にはスキルなんてなかったんだ。特別な身体能力も、今は使えない。

生まれ変わる前の、二十八歳の冴えないサラリーマン「今田赤哉」の持ち物だけで勝負する術を考えなくちゃいけない。

異世界で無双するための武器なんて、今田赤哉が持ってるわけない。学生時代に特別優秀だったわけでも、仕事ができたわけでもない。ただの落ちこぼれのサラリーマンだ。

でも、それでも……たとえ落ちこぼれでも、不向きでも、俺が続けてやってこれたことといえば、仕事だけだったんだ。

雨が降る日も雪が降る日も得意先を回って、コミュ障でキョドりながらも、必死に口上を考えて営業活動をしていた。

その経験しか、俺にはないんだ。

だから。

俺が使うのは、この剣じゃない。

「アカヤ様⁉」

「アカヤくん⁉」

ボスを目前にして長剣を鞘にしまった俺を見て、ジェシーとアデラが驚きの声を上げた。

でも、頼む、信じてくれ。

これが俺のやり方だ！

……大丈夫だ。

生まれ変わる前の今田赤哉が持っていなかったものを、今の俺はひとつだけ持っているじゃないか。

「アカちゃん、頑張ってねー！」

それは、マミィの愛情だ。

森の中でマミィに見つけてもらって、俺はこの世界で目を覚ました。マミィがいてくれたから、ここまでやってこれた。まだたった数日だけど、今の俺がいるのはマミィのおかげだ。

だから……！

勇気を出して、ゴルゴーラに立ち向かう。

「ゴルゴーラ。おまえはさっき『ママはいらない』って言ったな。あれは大間違いだ」

「はっ！」

ゴルゴーラは、俺が言うやいなや鼻で笑い飛ばした。

「間違ってないよ。ママなんかいらないね」

まったく刺さっていないようなので、話の角度を変えることにする。

「……ゴルゴーラ。そういうお前の言葉を聞いたら、お前のママはどう思うだろうな？」

ゆっくりと落ち着いた口調で、俺はゴルゴーラに話しかけた。

「お前にだってママはいるだろ？　今のこんなお前を見たら、ママはとても悲しむと思わないか？」

「はぁ!?　あたいをお前らと一緒にするんじゃないよ！」

ゴルゴーラは顔を歪めて吐き捨てた。

「あたいに親なんかいないんだよ！　どっかの人間に魔物の巣窟に産み落とされて、筋金入りの魔物連中の中で育ってきた。お前ごときの言葉に心動かされるような弱腰じゃないのさ」

おそらく、その言葉にウソはないのだろう。ゴルゴーラの口調にはなんの衒いもない。

っていうか、今重要なことを言わなかったか？　人間も魔物になれるのか？

「……そうか。それは気の毒だな」

俺は静かに呟いた。

「でも、それで少し、お前の気持ちがわかった気がするよ」

ゴルゴーラは眉根を寄せ、なにを言うのかと警戒する表情で俺を見ている。

「お前は誰にも愛されてないと思って、ひとりぼっちの気分だったんだろう。だから、愛されてる人間が羨ましくて、やけになって悪事を働いてしまった……」

「お前に、あたいのなにがわかるっていうんだい」

ゴルゴーラはいらだったような声を上げる。そんな彼女に、俺は大きく頷いてみせる。

「わかるよ。ちょっと前の俺もそうだったから」

ゴルゴーラの顔つきは依然として懐疑的だが、俺は続けた。

「辛くても親身になってくれる人もいなくて、実の親からもひどい言葉を投げかけられて……」

今になって考えれば、母さんも俺を心配するあまり言い過ぎてしまったのかなと思うけど、あのとき……あの駅のホームにいたときの俺は、誰の愛情も感じることができず、世界でたったひとりぼっちの気分だった。

あのまま追い詰められていたら、今頃……まあ人を殺すような悪事には走らなかったと思うけど、身近な人に感じ悪く当たるとか、ネットで炎上した有名人をえげつなく叩くらいのことはしてしまったかもしれない。

「でも、マミィに出会って……マミィの愛で、俺は変わったんだ」

今の俺は、心が満ち足りている。少しずつ自分に自信もついてきて、魔王を倒すなんていう大それた目標にも前向きに取り組むことができている。コミュ障だって治りつつある気がする。

「この世でたった一人でも、俺を心から愛してくれてる人がいる……そういう心の支えがあれば、人はいい方に変われる。お前だって善良な人間になれるかもしれないんだ、ゴルゴーラ」

「あたいが？」

ゴルゴーラはバカにするように笑った。

「じゃあ、あたいを愛してくれるのは誰なんだい？　そんなやついないよ。あたいは魔物だからね」

「いや、いる」

俺は断言するように言って、マミィがいる箱の方を見た。

「マミィは、お前によって家族や仲間を奪われた。それなのに、お前を許した。……お前はそれを裏切ったけどな」

ゴルゴーラは黙って俺の話を聞いていた。俺には攻撃しない約束なので、俺がジェシーとアデラの前に立ちはだかっている状態では身動きできない……という事情も、もちろんあるだろう。

だが、それだけでなく、彼女は俺の話を聞きたがっているように感じた。

「本当は、マミィがお前を許してやる道理なんてないんだ。問答無用で復讐されても文句なんか言えないくらい、お前はマミィにひどいことをしたんだから」

ゴルゴーラが沈黙を守る中、俺は続けた。

「マミィがどうしてお前を許したか、わかるか？」

俺の質問を、ゴルゴーラは鼻で笑う。

「マヌケなお人好しだからだろ。エルフらしいことだね」

「違う。そうじゃない」

強い語気で言って、俺はゴルゴーラを見つめた。

「マミィが『ママ』だからだ」

ゴルゴーラが「はぁ？」という顔をしているが、俺は続けた。

「マミィは、お前のママの気持ちになって、お前を許したんだ」

ママという単語に、ゴルゴーラの口元が歪む。

「……あたいの……ママだって……？」

「そうだ。マミィはママだから、お前のママの気持ちにもなれるんだ」

訝しげなゴルゴーラに、俺は静かに語りかけた。

「マミィは思ったんだ。もしここでお前を傷つけたら、お前のママが悲しむと。だって、俺が傷つけられたら、マミィはとても悲しいから……。それが、マミィがお前を許した理由だ」

ゴルゴーラは信じられないというように首を振った。

「そんな……それってどういうことだい……？」

「マミィは、お前のママの気持ちになって『お前を愛した』んだ」

それを聞いた瞬間、ゴルゴーラの表情に雷電に撃たれたような衝撃が走ったのが見て取れた。

「あ、あたいのことを……？　仇のあたいを……魔物のあたいを……？　そんなことが、できるのかい……？」

「できる。それが本物の愛なんだ」

「なぜだい……？　なぜ、そんなことが……？」

ゴルゴーラは理解に苦しむように、自分の頭を抱えて左右に振る。

そんな彼女に向かって、俺は高らかに言った。

「なぜなら、ママの愛は無限大だから！」


パリーン！


突如聞こえた音に、その場の全員が振り返った。

そこに立っていたのは、なんと、箱から脱出したマミィだった。

「アカちゃん！」

マミィは走ってきて、俺に抱きつく。

「心配したよぉ！　無事でよかった……！」

「なんで……？　なんで箱が開きましたの⁉」

ジェシーが驚いて呟くと、アデラがハッとした顔をする。

「もしかして……こうなることを恐れて、ゴルゴーラはアカヤくんに攻撃しなかったのかしら？」

「えっ？」

「考えてみれば、マミィちゃんの魔力を完全に封じているなら、マミィちゃんを怒らせることを恐れる必要はなかったのよね」

「確かに、そうですわね」

ジェシーも感心したように呟く。

「それほど、ちびっこの魔力……アカヤ様への想いが強いということですわね……」

ゴルゴーラはというと、呆然とした顔でマミィを見ている。

「これが……ママの愛なのかい……」

そして、がっくりと頭を垂れた。

「あたいは……負けたのか……？　ママの愛に……こんな甘ちゃん連中に……？」

そのとき、マミィがついと前に進み出た。そして……。

「えっ!?」

うなだれるゴルゴーラの隣に座って、そのドクロの兜をかぶった頭を撫で始めた！

「うんうん、ボスさんもいい子いい子だね」

「な……なにやってんだマミィ！」

「ちびっ子!?」

驚く俺とジェシーを見て、マミィはニコッと微笑む。

「アカちゃんのママになってから、みんな誰かのかわいい赤ちゃんだったんだなと思うと、マミィよりおっきい人もかわいく見えるんだよ」

いや、俺が聞きたかったのはそういうことではない。

「ゴブリンさんが言ってたの。『独身の頃は子どもが嫌いで、店で赤ん坊が泣き出したりすると席移動したりしてたんだけど、自分が結婚して子どもが生まれたら、他人の子までかわいく見えてきて、お店でぐずってても平気だし乗り物の中で妊婦さんに席を譲るようになった』って。その気持ち、マミィも今すごくよくわかるよ」

「わかるわぁ。わたしも、弟くらいの歳の子はみんな可愛く見えて……」

「いやちょっと待った！」

ゴブリンってあのゴブリン？　だとしたらあいつ妻子持ちだったのか？　それとも別のゴブリン？　てかゴブリンも店に入ったり乗り物乗ったりできるのか？　はたまたゴブリン専用？

いろいろなことが気になってしまって、アデラの発言どころかマミィの言いたいことにも気が回らない。

「だから、ボスさんもかわいいかわいいだよ～」

そう言って、マミィはゴルゴーラの頭を撫でる。そして、はっとしたように俺を見た。

「あっ！　もちろん、一番はアカちゃんだからね？　またやきもち焼いちゃダメだよ？

まあ、やきもちアカちゃんもかわいいけどね」

　と、マミィは思い出し笑いのようにニヘラァと笑う。そして、顔を上げたゴルゴーラを見つめた。

「ボスさんは、さびしかっただけなんだよね？　本当は悪い人じゃないんだよ。だから、いい子いい子……だよ」

　そう語りかけて、いたわるような優しい手つきで頭を撫でる。

「……う……っ」

　そこでゴルゴーラの目に光るものが浮かんだのを、俺は見逃さなかった。

　涙を隠すように俯いたゴルゴーラが、そっと口を開く。

「かすかに覚えてるんだよ……ずっと昔……赤ん坊みたいなガキの頃……あたいにも、こうやって撫でてくれる手があったことを」

　ゴルゴーラは顔を上げ、こみ上げる思いをこらえるように顔をしかめて俺とマミィを見る。

「本当はずっと羨ましかった……ママのいるやつが……ママに甘えられるやつが……」

　そして、悲しげに俯く。

「けど、あたいにママはいない……。だから、悔しくて悲しくて……そういうやつらのことを憎むようになっていた……ナニー族を目の敵にしたのもそれが理由さ……」

そこでマミィの手が止まった。

「……うん、わかってるよ」

目を上げたゴルゴーラを、マミィは優しく見つめる。

「マミィ、ボスさんを恨んでないよ。だってマミィは、これまでのマミィの人生を送ってきたおかげで、大事な赤ちゃんに出会えたんだから」

「……っ……そんな……」

ゴルゴーラは愕然とした様子でマミィを見つめ、それから急に床に突っ伏した。

「……なんでだい……!? あたいは……あたいはお前にひどいことをしたのに……!」

自分の顔を隠すように頭を抱え、ゴルゴーラは床でのたうちまわる。

「大丈夫だよ、ボスさん」

そんなゴルゴーラの背中をマミィが撫でると、暴れていたゴルゴーラはぴたりと止まる。

やがて、やつは静かに再び起き上がった。

「……ママ……」

マミィを見て、ゴルゴーラはそう呟いた。

ママ!?

だが、そんなツッコミを入れる余地もないほど、ゴルゴーラはシリアスに独白を続ける。

「こんなに悪いことをしてきてしまったあたいは、もう誰かにナデナデされる資格なんてないと思ってた……でも……そんなあたいのことも、ママは見捨てずにナデナデしてくれるんだね……」

喉の奥から絞り出すような声で、そう悲痛に呟く。

やがて、ゴルゴーラはドクロの兜を外して床に置き、よろよろと立ち上がった。

魔物特有の赤い瞳から、邪悪な光はすでに消えている。

「あたい、もう悪いことはやめるよ……もう一度、人生やり直してみせる……。そして、いつかきっと、ママが胸を張って自慢できるいい子になるから……」

そこでゴルゴーラはマミィを見た。

「だから、信じて見ててくれよ……ママ！」

そう言った、次の瞬間だった。

ゴルゴーラの身体がみるみる縮んでいく。

「……どんな姿になっても、あたいはママのことを想ってるからね……！」

そう言うゴルゴーラの声は、もう幼女だ。しかし、その身体は止まることなくさらに縮み……ついに、赤ん坊に戻って止まった。

「ど、どういうことだ⁉」

慌てて駆け寄ってみるが、新生児並みの赤ん坊になったゴルゴーラは、黒いマントの中で無邪気な顔をしてすやすや寝ている。

「……きっと、自分に魔法をかけたのですわ」

ジェシーが、信じられないという顔で答えた。

「魔法の中には、自分にかけられるものとかけられないものがありますの。もし自がけできないものでも、本人の思いと魔力が強ければ……かけられることがあるのかもしれません」

「マジかよ……」

すげーなこいつ。マミィに撫でられたのがそんなにうれしかったのか……自ら赤ん坊になってしまう（物理）ほど。

顔を見合わせて息を呑む俺たちのもとに、まだ帰っていなかった女神が近づいてくる。

「いやー、すごかったな。今のは思わず見入ってもうたわ。魅せてくれるやん、ずるいわ」

それを聞いて、アデラが意外そうに女神を見る。

「ゴルゴーラの赤ちゃん返り魔法のこと？」

「んなわけあるか」

女神はにべもなくツッコんで、俺を見た。

「お前のこと、見直したわ。マザコンやけど。やればできるやん。マザコンやけど。魔物を説得して改心させるなんて普通できるもんやないで。さすがマザコンやわ」

「…………」

褒められているのか軽蔑されているのかわからなくて、俺は微妙な表情になる。

「まーほんなわけで、お開きの時間やな」

そこで女神は、急になにかを思い出したようにせわしなくあたりに目をやる。

「今ヘッドハンティング中やってん。今日もイキのいい魂がそろってるのに、ボヤボヤしてたらあっちゅーまに成仏されてまうわ」

魚市場へ買い付けに行く人みたいな発言だ。っていうか、あの亜空間での圧迫面接めいたやりとりを「ヘッドハンティング」とは、物も言いようだな。

「あ、ついでにこいつ、預かってってたるわ」

そう言うと、女神は赤ん坊のゴルゴーラを床から拾って抱き上げる。

「本人の希望通り、人間の孤児院でたっぷりかわいがって育てれば、もう悪さはせんようになるやろ」

女神が言うと、違う意味の『かわいがり』に聞こえるから不思議だ。

「ほなまたな～」

「えっ、あっ、はい……」

ろくに挨拶を返す間もなく、女神はまばゆい光とともに去っていった。

あとに残された俺たちは、誰ともなく見交わし合い、そして微笑んだ。

「……やったじゃない！」

そこで口火を切ったのは、アデラだった。

「すごいわ、アカヤくん！」

「ほんと、アカヤ様、すごいですわ」

ジェシーも興奮の面持ちになる。

「説得で魔物を改心させるなんて……シャイアン教の神父にスカウトしたいくらいですわ！」

「いや、そんな大層なもんは説いてないけど」

俺はまだ成功の実感が湧かない中、自分の中にあった思いを嚙みしめた。

「……必死に思い返したんだ。マミィが言ったこと、ゴルゴーラが言ったこと……そうしたら、ひとりでに言葉が出てきた」

「アカちゃん……！」

そこでマミィが、弾かれたように俺の首にひっしとかじりつく。

「すごいね、えらいね、アカちゃん！」

「マミィのおかげだよ。マミィが俺に大事なことを教えてくれたんだ」

今頃になって手が震えてきた。魔物を説得するなんて、なんという大それたことを考えたんだろう。こうして全員無事で解放される保証なんてどこにもなかったのに。

張り詰めた気が緩んで、今さら恐怖で足の震えが止まらない。

「アカちゃんは強いね。強くて優しくて、本当にいい子だね」

そんな俺の心に、マミィの言葉は深く染み入る。

「マミィは、アカちゃんのママで幸せだよ」

俺の震えごと包み込むように、マミィはあたたかく抱きしめてくれる。

「マミィはアカちゃんのことが大好きだよ」

そう言うと、マミィは俺から離れて、俺の両頬を両手で包み込むように触れてきた。

「アカちゃんの賢くてかっこよくてかわいいお顔、マミィによく見せて」

微笑んで、マミィは自分の顔を近づけてくる。

真正面から至近距離で見るマミィはやっぱりかわいらしい。大きな瞳が潤んで輝き、ふっくらした頬は薔薇色に紅潮している。

そんなマミィは、突然たまりかねたように叫んだ。

「あーアカちゃんかわいいっ！　チュッチュしたいっ！」

「えっ⁉」

チュッチュ⁉

「でもダメだよね……赤ちゃんにチュッチュすると虫歯がうつっちゃうって言うし」

マミィは自分の両頬を押さえて悩ましげに身体を揺らす。

「マミィ、歯が痛くなったことはないけど、お医者さんに見せたことないからわからないし……」

どうでもいいことを言っているマミィの後ろに、ジェシーがやってきた。ジェシーはワナワナ震えている。

「チュ……チュッチュですって⁉」

彼女はマミィに怒りの形相を向けている。

「そんなふしだらなこと許せませんわっ！　アカヤ様はほんとの赤ちゃんじゃないから、ちびっ子に虫歯があったとしても虫歯菌がうつる心配はないとは思いますけど、そういう問題でなく風紀の問題として、チュッチュは断じて禁じますわっ！」

「う～でもチュッチュしたい～！　だってアカちゃんかわいいんだもんっ！」

マミィはジェシーの話を全然聞いていない。自分の欲望のままにジタバタしている。

そして、マミィは再び俺にずいっと顔を近づけた。

「決めたっ！　えいっ！」

マミィの顔が迫ってきて、俺は激しく動揺する。

「えっ⁉」

反射的に目を瞑ってしまったので、何が起こるかわからない。

緊迫の一瞬のあと……。


チュッ！


唇のすぐ横に、やわらかくあたたかいものが触れる感触があった。つまり、ほっぺキスだ。

目を開けると、マミィの照れた笑顔が目の前にあった。頬を染め、大きな目を細めてはにかむマミィを見たとき、俺の頭の中に二度目の教会の鐘が鳴った。

天使かな⁉　天使が降臨して俺のママになってくれたのかな⁉

たった十歳の女の子が箱の中に閉じ込められて怖かったはずなのに、そんなことはおくびにも出さずに俺のことをほめてくれるなんて。

「大好きだよ、アカちゃん」

マミィがとびきりかわいい笑顔で言ってくれて、俺の想いも溢れ出す。

「俺もだ！　大きくなったらマミィと結婚する！」

思わず言ってしまった。

かわいらしい子どもの夢みたいな発言だが、この場合「大きくなったら」はマミィのことを指すからややこしい。

「え、ほんと……？」

それに対して、マミィは笑顔を引っ込め、顔を真っ赤にしてもじもじする。

「う、うれしいよぉ～……！　今の気持ち、大きくなっても忘れないでね？」

「ちょっとおおお待ちなさい!?」

そこで、ジェシーが目の色を変えた。

「アカヤ様、なにおっしゃってますの!?　変態ですわっ！　たとえわたくしが許しても世間が許しませんわよ!?」

そんなジェシーとは対照的に、アデラがにこやかにこちらへやってくる。

「あらあら、まだまだママと結婚したいお年頃？」

余裕たっぷりの微笑で、俺に流し目を送る。

「うふふ、でもいいわ。そのうち『姉』に目覚めるから。思春期の男子は、一度は『姉』を通るものなのよ」

「あなたはあなたで、なに言ってますの!?」

二人のやりとりを聞きながら、俺は我に返った。

「……あっ！　ち、違うんだ！　これはその、つまり、結婚したいほど感謝してるってことで！」

「苦しすぎますわ！　もう潔く変態をお認めになって！」

「ふふっ、求婚が相手への感謝の証だなんて、見かけによらず自信満々男子なのね、アカヤくんってば」

「恥ずかしがっちゃうアカちゃんもかわいいよ〜！」

ボスのいなくなったダンジョンの最上階で、そうやって俺たちはしばらくドタバタを続けていた。

○月 ×日

アカちゃんがボスをやっつけたの！
しかも、おしゃべりしただけで。
マミィ、びっくりしちゃった！

アカちゃんはやればできる子だと思ってたけど、
こんなに早く成長するなんて……信じられないよ！

いっぱいほめてあげて、チュッチュもしてあげたよ。
アカちゃんは喜んでくれて、マミィと結こんするって
言ってくれたよ。

マミィ、赤ちゃんに「ママと結こんするー！」って言って
もらうのがゆめだったから、とってもうれしかったよ！

ママも、アカちゃんと結こんしたいな♥

エピローグ

冒険者の塔から出た俺たちは、次なる冒険のために旅立った。目指す先は無論、魔王だ。

「……俺にはスキルがない。でも、だからって魔王を倒せないってわけじゃないよな。現にゴルゴーラを退治することができたんだから」

「そうだよアカちゃん、頑張って！」

「アカヤ様ならきっとできますわ」

「辛いときにはお姉さんが甘えさせてあげるからね？　うふふっ」

四人で街道を歩きつつ、そんな話していたときだった。

ふと、ジェシーが不思議そうに俺を見た。

「……アカヤ様は転生者でしょう？　馴染みがないこの世界で、どうしてそんなに魔王を倒したいんですの？」

「えっ……」

戸惑う俺の顔をアデラがのぞきこむ。

「やっぱり、お金目当て？　それとも名声？」

　彼女の目が「お金」で輝いた。やっぱりこの人お金大好きなんだなと思いながら、俺は自分自身を省みた。

「……最初は、名声だったかな」

　前世でうだつの上がらない社畜だったから、この世界では英雄になりたいって。そんな純度百パーセントの野心だった。

「でも、今はちょっと違う気持ちになってる」

　そう言った俺に、みんなの視線が集まる。俺はマミィを見て続けた。

「マミィは、ゴルゴーラのせいで仲間と生き別れて……でも、そのおかげで俺と会えたって言ってくれたよな？」

　牢屋での会話を思い出して言うと、マミィは大きく頷いた。

「うん。だって、そうだと思ってるもん」

「でも本当はそれじゃダメなんだ」

　俺はきっぱりと言った。

「俺とマミィみたいな出会いが……不幸から生まれる幸福なんて、ない世界の方がいいに決まってるんだ。幸福から生まれる幸福……誰も悲しい思いをしなくてすむ世界……そんなのが完璧(かんぺき)に実現できるとは思わないけど、目指し続けるのは自由だろ？　だから俺は魔王を倒すよ」

みんなの視線を感じながら、俺は歩く道の先を見据(みす)えて言った。

「もうマミィみたいな悲しい思いをする子が現れなくてすむように、俺が英雄(ヒーロー)になる」

それが、今の俺の正直な気持ちだった。

「……アカちゃんは、マミィにとってはもうヒーローだよ」

優(やさ)しい声に振(ふ)り向くと、マミィが慈愛(じあい)のこもった微笑を向けてくれている。

「だって、この世界に生まれてきて、マミィの赤ちゃんになってくれたんだもん。だから、それだけでアカちゃんはヒーローなんだよ。赤ちゃんに会えなくてさびしかったマミィを救ってくれたんだから」

「マミィ……」

「だから、おっぱいしたいときはいつでも言ってね！」

じーんとしていた俺は、そこではっと我に返る。

「いや、それは大丈夫(だいじょうぶ)です」

ジェシーの視線を気にしながら、丁重(ていちょう)に断った。

「アカちゃんは照れ屋さんだね～」

マミィはほほえましげに笑う。

「じゃあ、これからもマミィにおっぱい……いっぱい甘えてね？」

「サブリミナルおっぱいやめろ！　俺は吸わんからな！」

「『とは言ってみるアカヤであったが、そんな自信はまったくないのであった――』」

「勝手に地の文入れるなー！」

「じゃあアカヤくん、お姉さんのおっぱいはどう？」

アデラに艶めかしく尋ねられて、俺は彼女の谷間を見る。相変わらずたわわに豊作だ。

「えっ……ええと……すごく興味あります……」

そこでマミィが閃いた顔になる。

「じゃあ、マミィとアデラちゃん、どっちのおっぱいがアカちゃんを甘えさせられるか、甘えさせおっぱいバトルしよ～！」

「なんだよそれ！」

字面からして、いかがわしいのかほほえましいのかわからない。

「ふふっ、おっぱいなら負けないわよ？」

アデラは自信満々に微笑んで、この謎のバトルを受けようとしている。

だから、俺は二人の間に割って入った。この勝負のオチは見えている。どうせ最後はまた巨大哺乳瓶だ。

「もうバトルはいいから！　俺はすべての巨乳を愛している！」

　そう叫んでから、はっとして振り返った。

「アカヤ様……」

　案の定、ジェシーは殺気を放ちながら俺をにらんでいる。

「フケツですわーっ!!」

「聖水かけんのやめて！　そんなことしてると、肝心なときに聖水足りなくなっちゃうよ!?」

「だとしても、破廉恥モンスターの暴挙を見過ごすわけには参りませんっ！」

「うわっ、つめたっ！」

「冷たい!?　アカちゃん大変！　お風邪ひかないように、マミィがあっためてあげるね？」

「うふふ、アカヤくん、お姉さんの方があったかいわよ？　いらっしゃい？」

「はい……」

　アデラの色香にのまれてフラフラ近づこうとすると、聖水がピシャリと顔にかかる。

「まだ破廉恥モンスターがいらっしゃったようですわね！」

「つ、冷たい……」

ともかく、こうして俺の旅は続いていく。いつか伝説の英雄として歴史に名を刻むため──。

「伝説の変態として名を刻まないよう、お気をつけあそばせ！」

ジェシーがすかさずツッコんでくる。俺はどうやらモノローグを口に出してしまっていたようだ。

「どんな伝説になったとしても、アカちゃんはマミィのヒーローだからね」

そんな俺に寄り添い、マミィは親愛と慈愛のこもった瞳で笑いかけてくる。

「マミィ……」

たとえ魔王を倒す道のりがどんなに過酷で険しくても、この笑顔のためなら耐えられる気がする。

俺は変態じゃないはずだけど、マザコンでもロリコンでもないし、おっぱいもしないけど、今は少し……そんなふうに思うのだった。

あとがき

こんにちは。長岡マキ子です。この度は『異世界でロリに甘やかされるのは間違っているだろうか』をお手に取ってくださり、ありがとうございます！

この作品は、第十回龍皇杯の優勝作品として文庫化されたものです。

あの『伝勇伝』等を誕生させた伝統あるライトノベルのコンペ企画で「社畜が転生してロリに甘やかされる話」が優勝するなんて、誰が考えたでしょう……。

私一人だったらまずこんな攻めた話で龍皇杯を勝ち抜こうなどというイカレた野心は抱きっこなかったので、インスピレーションをくださった担当さんに大感謝です。（最初に聞いたとき「こいつすげぇこと言うな！　オラわくわくすっぞ！」と思いました）

で、その担当さんとの話です。

今の担当さんは、前作『魔王は服の着方がわからない』の頃からのお付き合いで、気心が知れた方なのですが、そのせいかたまにけっこうなムチャを言い出します。

ムチャその①

「赤哉くんを自分の息子さんだと思ってかわいがってあげてください！」

正気ですか⁉

「えぇ～あんな息子イヤだ――！」

と何度お答えしたかわかりません。

冷静に考えて、アリですか？　ナシですよね？　ナシよりのナシですよ。

でもあれが本当に息子なのだから、赤哉の実のお母さんはいろいろな意味でかわいそうだなと思います……。

ムチャその②
「1ページに一回は甘えさせてください！」

どんだけ～～～～！

まあこちらは短編の話なので、さすがに文庫では「4ページに一回」のオーダーに落ち着きました。

実現できているかどうか私には確認する気力がないので、「ヒマでヒマでヒマなのにスマホの充電が切れて友達もつかまらず、手元にこの本しかないのにもう読み終わってしまって、このままだと自分の毛穴を数えるくらいしかすることがないーッ！」という方は確かめてみてください。

ムチャ③

「あとがきは十ページでお願いします！」

なんだかんだで作家生活も十年近くなり、なんだかんだでそれなりに作品を出させていただいておりますが、そんな枚数を指定されたのは初めてです。

というか、私あとがきを書くのがとっても苦手なので、いつもギリギリの枚数で済むように本文を仕上げており、今回もそうなるはずだったのでした。が、これもまた担当さんのインスピレーションなのですが、入稿後に急遽「マミィの育児日記」を入れることになり、そんなことになったということです。

しかし十ページって！　十ページのあとがきなんて誰が読むねん！

私の反応があまりにもイヤそうだったためか、担当さんはすぐに「じゃあ八ページで……」と譲歩してくださいました。残りは広告で埋めてくださるそうです。

そうなるともう「あとがき二ページにして八ページ広告で埋める手はなかったのか？」という疑問が浮かんでくるのですが、せっかく皆様に貴重なお金を出して買っていただく文庫なので巻末までなるべくお楽しみいただけたらという気持ちもあり、その思いは胸に秘めました。そしてここで出す！　だが俺はもうあとがきを書いている！　すでに四ページも！　ガハハ！

テンションが上がってきました。


そんなこんなありますが、担当さんのおかげでこの作品がよりよいものになっているのは間違いないので、まったく頭が上がらない私なのです。

せっかく紙幅があるので、担当さんがらみの話でもう一つ。

私は青春時代に岡田あーみんとうすた京介と『ボボボーボ・ボーボボ』の世界に耽溺したせいか、ギャグセンスに少しシュールなところがあるのを自覚しています。

シュールギャグというのは、センスが合わない人からすれば無茶苦茶スべってる以前の問題で「何言ってんだこいつ？」のポカーン案件です。私も幾度かセンスが違う人のシュールギャグでそれを体感しています。

なので、老若男女みなさまに愛されるラノベ作家を目指している私は、今までの作品ではシュールを極力排除しようと努めてきました。

しかし、今の担当さんになってから、私が自己満足で仕掛けた地味なギャグネタを褒めてもらえることが増え、ギャグ方面で少し調子に乗ってきた感があります。今はまだシュールは抑えていますが、今後いつ何時シュールが暴れ出すかわかりません。

くっ……俺がシュールになる前に……行けッ！　お前だけでも生き延びろ……ッ！

これは完全に持論なのですが、シュールギャグの笑いには、メタ的な視点が含まれていることがあると思います。

お笑いの例で説明しますと、普通の芸人さんは、ネタの中のストーリーで笑いを完結させます（M－1の芸人さんのほとんどがこれです）。

ところが、シュールギャグ芸人は、ネタでまったく意味のわからないことをやってみせるとか、ネタの体を成していないネタをやることで、観客の「こんなに注目を浴びる場で、こんな訳のわからないことをするなんて……」という思いをも笑いに繋げます（R－1ぐらんぷりのザコシショウなど）（ちなみに私はザコシショウが大好きです）。

これは落語家の桂枝雀さんがおっしゃったことらしいですが、笑いというのは「緊張の緩和」によって生み出されるそうです。つまり、真剣な場、笑えない状況で緊張感をなくすようなハプニングが起きたときにこそ、笑いが起きるということです。ドリフ等の往年のコントで冠婚葬祭ネタが多いのも、それが「笑えない」場だからだと思います。

ですから、シュールギャグ芸人は、お笑いショー番組が抱えている笑いの場としての根源的な矛盾（「改まった（笑えない）場で」「笑いをやる」という。実はそれは笑いを生み出す構造的に正しい）を、自身の笑いに積極的に利用しているように思えるのです。

話を戻しますと、龍皇杯はまさしく真剣な賞レースで、笑えない舞台です。どの作家も考えに考え抜いた渾身の力作をぶつけてくるところでしょう。そんな真面目な場で「社畜がロリの赤ちゃんになる話」などというネタをやってしまったのだから、私がどんなにシュールを抑えようとも、この作品そのものがすでにシュールギャグなのかもしれないと気づきました。

なんの話かよくわからなくなりましたが、今さら手遅れかもしれませんが、作品内容としてはこれからもシュールは控えたいと思っているという決意表明です。

私はトム・ブラウンより霜降り明星を目指したい！（トム・ブラウン好きですけど）

まだ紙幅があるので、作品に関連する話をもうちょっと。

各章のタイトルは、赤哉がリアルにバブバブしていても許された時代のヒットソングでまとめてみました。

赤哉のリアル母の趣味はカラオケで、幼少の赤哉は90年代のトレンディな曲を子守唄に育ちました。たぶんこの作品が30巻まで続いても絶対に出てこない設定なのでここに書いておきます。

赤哉わけぇな！　俺にとっては青春時代のヒットソングだよ！　という方〜！

私と同年代です！（それだけです）

ここで唐突にお知らせですが、この文庫と同じ3月に発売される「ドラゴンマガジン」にて、『異世界でロリに甘やかされるのは間違っているだろうか』の短編が読めます！　書き下ろしの新作ですので、ぜひ一巻とあわせてお楽しみくださいませ！

時系列としては、冒険者の塔〜ベガスタウンの間の番外編としてお読みいただけると幸いです。登場キャラは赤哉、マミィ、ジェシー、女神です（ポロリもあるかも!?）。

最後になりましたが、今回の文庫化に当たってイラストを担当してくださいました米白粕様、可愛いマミィたちをありがとうございます！　素敵なイラストのおかげで、私の頭の中だけで想像していた世界観よりヘビー度が下がりました。

また、冒頭からいろいろ言っておりますが、担当の鈴木様には大変感謝しております。これからもさらなるムチャをお願いします！　もっとください！　もうムチャなしでは生きられない！

あとは女神の大阪弁チェックのY氏もありがとうございます！

この作品の制作・販売に携わってくださいます方々すべてに御礼申し上げます！

なにより、この作品を龍皇杯の頃から応援してくださり、票を投じてくださった読者の皆様！　皆様には感謝してもしきれません。皆様にこうして文庫化したものをお目にかけることができて、とても嬉しいです！

もちろん、文庫で初めてこの作品をお手に取ってくださった皆様にも、心よりの感謝を申し上げます！　本棚に並べづらい、友達に薦めづらい作品かもしれませんが、どうかよろしくお願いします！


なんとかして紙面を埋めようと頑張っているうちに、ちょっとあとがきを書くのが好きになってきました。今後はあとがきの枚数が多いと喜んでしまうかもしれません。なんなら十ページでもいけたかもしれません！

ここまで読んでくださった方がどれだけおられるかわかりませんが、お読みくださりありがとうございました。

それでは、またお会いできますように！

二〇一九年二月　長岡マキ子

異世界でロリに甘やかされるのは間違っているだろうか

平成31年３月20日　初版発行

著者――長岡マキ子

発行者――三坂泰二

発　行――株式会社KADOKAWA
〒102-8177
東京都千代田区富士見2-13-3
0570-002-301（ナビダイヤル）

印刷所――暁印刷

製本所――BBC

※定価はカバーに表示してあります。
KADOKAWA　カスタマーサポート
［電話］0570-002-301（土日祝日を除く 11 時～13 時、14 時～17 時）
［WEB］https://www.kadokawa.co.jp/（「お問い合わせ」へお進みください）
※製造不良品につきましては上記窓口にて承ります。
※記述・収録内容を超えるご質問にはお答えできない場合があります。
※サポートは日本国内に限らせていただきます。

ISBN978-4-04-073143-8 C0193

大冒険!?
ポータ
旅商人で癒やし役
おおすきままこ
大好真々子
真人の母親
おおすきまさと
大好真人
ゲーム世界に
転送された勇者
ワイズ
賢者なのに
残念な子
1〜7巻
好評発売中!
ファンタジア文庫

ゲーム世界で母親と一緒に

「お母さんと一緒にたくさん冒険しましょうね」

念願のゲーム世界に転送された高校生の大好真人だが、なぜか真人を溺愛する母親の真々子も付いてきて——!? 全体攻撃で二回攻撃の聖剣で無双したり、暗い洞窟で光ったりと勇者の真人も呆れるほどの大活躍!? 第29回ファンタジア大賞〈大賞〉受賞の新感覚母親同伴冒険コメディ!

通常攻撃が全体攻撃で二回攻撃のお母さんは好きですか?

井中だちま　イラスト　飯田ぽち。

てんじょうゆうや
天上優夜
異世界で
レベルアップした結果、
最強の身体能力を
手に入れた少年
この少年
すべてが
1巻 好評発売中!

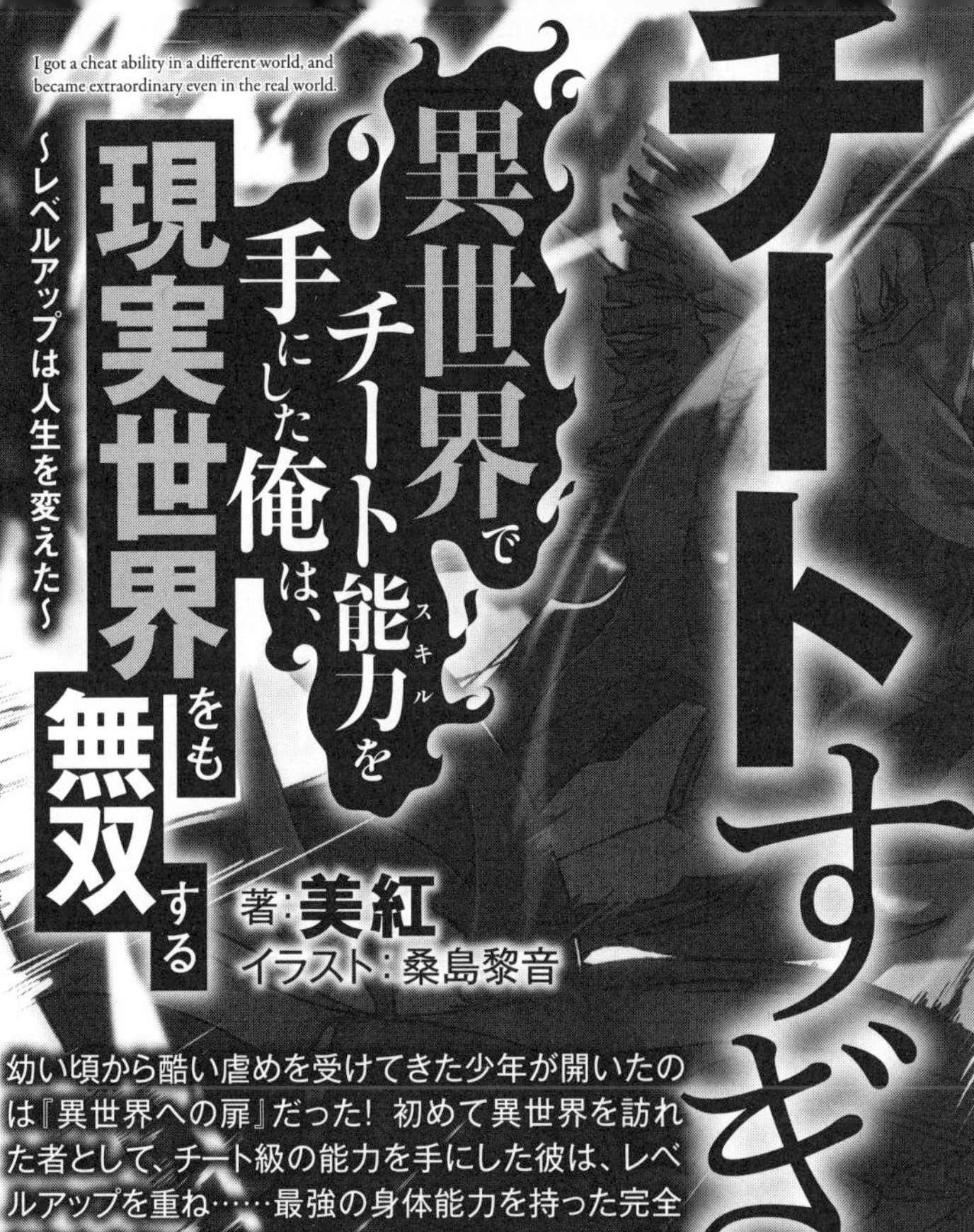
I got a cheat ability in a different world, and became extraordinary even in the real world.
異世界でチート能力を手にした俺は、現実世界をも無双する
～レベルアップは人生を変えた～
チートすぎる
著：美紅
イラスト：桑島黎音
幼い頃から酷い虐めを受けてきた少年が開いたのは『異世界への扉』だった！ 初めて異世界を訪れた者として、チート級の能力を手にした彼は、レベルアップを重ね……最強の身体能力を持った完全無欠な少年へと生まれ変わった！ 彼は、2つの世界を行き来できる扉を通して、現実世界にも旋風を巻き起こし――!? 異世界×現実世界。レベルアップした少年は2つの世界を無双する！

ファンタジア文庫